KB275702

크리스마스
캐럴

Christmas Carol

크리스마스 캐럴

크리스마스의 유령 이야기

Christmas Carol

찰스 디킨스 지음
박승범 옮김 | 고철환 그림

팬덤북스

나는 이 작은 책에서 상상 속의 유령을 불러냈다. 유령이 독자 여러분에게, 크리스마스 분위기에, 그리고 나에게도 찬물을 끼얹지 않기를 바란다. 여러분의 집에 유령이 나타나거든 놀라지 마시길.

여러분의 성실한 친구이자 하인인 찰스 디킨스
1843년 12월

차례

말리의 유령

우선 말리가 죽었다는 이야기부터 시작하자. 말리가 죽은 건 분명한 사실이다. 그의 사망 증명서에는 목사, 교회 서기, 장의사, 상주가 확인 서명을 했다. 스크루지도 서명을 했다. 타고난 장사꾼인 스크루지의 서명으로 말할 것 같으면, 런던 왕립거래소에서도 통하는 확실한 이름이었다. 말리 영감은 대갈못처럼 죽어버렸다.

한 가지 짚고 넘어갈 게 있다. 나는 대갈못에 특별한 죽음의 의미가 담겨 있다는 걸 말하려고 한 것이 아니다. 나 같으면 철물점에서 죽어라고 팔리지 않는 '관에 박는 대못'이라고 표현했을 것이다. 하지만 이 비유에 담긴 조상의 지혜를 내 속된 손으로 더럽힐 생각은 전혀 없다. 그렇게 했다간 나라 꼴이 어떻게 되겠는가. 그러니 다시 한 번 강조해서 '말리는 대갈못처럼 죽어버렸다'고 말하는 걸 이해해주기 바란다.

스크루지는 말리가 죽은 걸 알고 있었을까? 물론이다. 어떻게 모를 수가 있겠는가? 스크루지와 말리는, 정확히는 모르지만, 아주 오랜 세월을 함께한 동업자였으니 말이다. 스크루지는 말리의 유일한 유산 집행인이자 유일한 유산 관리인이었으며 유일한 유산 상속인이자 유일한 유산 수령인이었다. 게다가 유일한 친구이자 유일한 유족이었다. 그렇지만 장례식 당일 스크루지는 말리의 죽음을 슬퍼하기보다 탁월한 장사꾼 기질을 발휘해 아주 저렴하게 장례식을 치렀다.

말리의 장례식 이야기를 하다 보니 내가 원래 하려던 이야기가 다시 생각났다. 말리의 죽음은 의심의 여지가 없는 사실이다. 이 사실을 분명히 해두지 않으면 앞으로 들려줄 이야기에 그다지 놀라지 않을 것이다. 만약 햄릿의 아버지가 죽었다는 사실을 모른 채 〈햄릿〉 공연을 본다면 샛바람 부는 한밤에 햄릿의 아버지가 성벽을 배회하는 장면이, 어느 중년 신사가 마음 약한 아들을 놀래 주기 위해 해가 진 뒤 바람 부는 세인트폴 대성당 같은 곳에서 와락 튀어나오는 것과 무엇이 다르겠는가.

스크루지는 옛 친구 말리의 이름을 간판에서 지우지 않았다. 몇 년이 지났지만 상점 출입문에는 스크루지와 말리의 이름이 함께 적힌 간판이 걸려 있었고 사람들은 이 상점을 '스크루지와 말리 상점'으로 알고 있었다. 새로 거래를 트러 온 사람들이 가끔 "스크루지 스크루지 상점"이라거나 또는 "말리 상점"이라고 해도 스크루지는 모두 똑같이 대답했다. 그에겐 어느 쪽이든 상관없었다.

아! 그런데 스크루지는 맷돌 손잡이를 꽉 움켜쥔 손아귀처럼 인색한 구두쇠였다. 스크루지! 남을 쥐어짜고 빼앗고 괴롭히고, 한 번 잡으면 결코 놓지 않는 비열하고 탐욕스러운 늙은 죄인. 부시로 쳐도 불똥 하나 튀기지 않을 부싯돌처럼 인색하고 냉정하며, 바위에 짝 달라붙은 굴처럼 속내를 드러내지 않는 음흉한 외톨이. 내면 깊이 자리한 냉혹함 때문인지 그는 나이가 들수록 겉모습마저 차갑게 변해갔다. 날카로운 매부리코, 쭈글쭈글한 뺨, 뻣뻣한 걸음걸이에 눈은 벌겋게 충혈되었으며, 얇은 입술은 푸르스름했고 심술이 덕지덕지 붙은 목소리로 빽빽거리며 말했다. 머리와 눈썹, 철사처럼 빳빳한 턱수염에는 희끗희끗 서리가 내려 있었다. 그는 항상 냉기를 몰고 다녔다. 삼복더위에도 사무실을 꽁꽁 얼려 놓았고 크리스마스에도 단 1도도 온도를 올리지 않았다.

바깥이 덥든 춥든 스크루지에겐 별 상관이 없었다. 그는 푹푹 찌는 더위에도 땀 한 방울 흘리지 않았고 아무리 추워도 떨지 않았다. 휘몰아치는 바람도 스크루지보다 매섭지 않고 줄기차게 퍼붓는 눈도 그보다 집요하지 않으며, 쏟아지는 장대비도 그보다 매몰차지는 않았다. 아무리 지독한 날씨도 스크루지를 이겨낼 수 없었다. 억수같이 쏟아지는 소나기, 눈보라, 우박, 진눈깨비 들은 오직 한 가지 점에서 스크루지를 이길 수 있었다. 이것들은 가끔이지만 후하게 '내려준다'는 점에서. 스크루지는 결코 그런 법이 없었다.

거리에서 스크루지를 붙잡고 반갑게 "어이, 스크루지. 요즘 어떻게 지내나? 언제 한번 우리 집에 들르게"라고 말하는 사람은 아무도 없었다. 거지들도 그에겐 땡전 한 푼 구걸하지 않았고 아이들 역시 한 번도 시간을 묻지 않았다. 남자든 여자든 평생 단 한 번이라도 스크루지에게 길을 묻는 사람은 없었다. 맹인견조차도 그를 알아보았다. 스크루지가 나타나면 녀석들은 주인을 문가나 안뜰로 이끌고 가서는, 마치 이렇게 말하는 것처럼 꼬리를 흔들었다.

"앞 못 보는 주인님, 사악한 눈을 갖느니 차라리 못 보는 게 나아요."

하지만 그게 무슨 상관이겠는가? 스크루지는 차라리 그게 나았다. 복잡한 인생길을 헤쳐 나가려면 동정심 따위는 멀리하는 게 '짱'이었다.

1년 중 가장 기쁜 날인 크리스마스이브, 스크루지 영감은 경리사무실에 틀어박혀 정신없이 일하고 있었다. 춥고 바람 부는 매서운 날씨였고 안개까지 자욱했다. 거리에선 몸을 녹이려고 두 손을 가슴에 품고 발을 동동 구르면서 씩씩대며 오가는 행인들 소리가 들렸다. 거리의 시계는 막 3시를 지났지만 날은 벌써 어둑어둑했다. 사실 하루 종일 어두웠다. 근처 사무실들의 창문에서 어른거리며 비치는 촛불은 어두운 대기를 붉은 얼룩처럼 물들였다. 안개가 열쇠 구멍을 비롯해 틈새란 틈새에는 모두 스며들었고, 자욱한 안개 때문에 엎어지면 코 닿을 듯한 거리에 있는 맞은편 집들이 마치 유령처럼 흐리게 보였다. 낮게 깔린 검은 구름이 모든 것을 뒤덮은 광경은 자연의 신이 코앞에서 엄청난 구름을 마구 빚어내는 게 아닐까 하는 착각을 일으킬 정도였다.

스크루지의 사무실 문은 빠끔히 열려 있었는데, 그 너머에 있는 비좁고 초라한 골방 같은 사무실에 앉아 편지를 옮겨 적는 서기를 감시하기 위해서인 듯했다. 서기의 사무실에 지핀 난롯불은 스크루지의 사무실에 지핀 보잘것없는 난롯불보다도 형편없어, 석탄 한 덩이로 겨우 버티는 꼴이었다. 스크루지가 자기 사무실에 석탄통을 둔 터라 마음대로 석탄을 땔 수도 없었다. 부삽을 들고 석탄을 가지러 갔다가는 새로 직원을 뽑아야겠다는 둥 괜히 트집만 잡힐 게 뻔했다. 서기는 흰 목도리를 두르고 촛불에 몸을 녹이려 했지만 워낙 상상력이 부족한 사람이다 보니 별 소용이 없었다.

"즐거운 크리스마스예요, 삼촌! 축복을 빌어요."

명랑한 목소리가 들려왔다. 스크루지의 조카였다. 어찌나 재빨리 들이닥쳤는지 그 말이 들렸을 때 이미 조카는 스크루지의 곁에 와 있었다.

"흥, 쓸데없는 소리!"

스크루지가 말했다.

안개가 자욱하게 깔린 꽁꽁 언 길을 종종걸음으로 걸어온 조카는 온몸이 달아올랐다. 잘생긴 얼굴은 벌겋게 물들었고 눈은 빛났으며 숨 쉴 때마다 하얀 입김이 뿜어져 나왔다.

"삼촌, 설마 크리스마스가 쓸데없다는 말은 아니시죠?"

"왜 아니야! 즐거운 크리스마스라고? 네놈이 즐거워할 자격이라도 있냐? 네가 뭣 때문에 즐거워해? 가진 것도 쥐뿔도 없는 가난뱅이 주제에!"

"삼촌도 참, 그럼 삼촌은 뭐 때문에 우울해하시죠? 시무룩하실 이유가 전혀 없잖아요. 이렇게 부자시니 말이죠."

스크루지는 말문이 막히자 얼떨결에 쏘아붙였다.

"흥. 쓸데없이."

"화내지 마세요."

"화 안 내게 됐어? 이렇게 멍청이들이 바글거리는 세상에서 살고 있는데! 즐거운 크리스마스라고? 빌어먹을 크리스마스다! 없는 돈에 빚은 갚아야 하고 나이는 한 살 더 처먹지만 벌이는 나아지지 않는 네놈한테 무슨 크리스마스야! 결산한답시고 장부를 펼쳐보면 1년 열두 달 어느 항목도 적자 아닌 게 없다는 걸 확인하는 때가 크리스마스 아니냐? 마음 같아선 즐거운 크리스마스라고 떠들고 다니는 놈들을 그냥 푸딩과 함께 푹푹 쪄서, 호랑가시나무 가지로 가슴을 푹 찌른 다음에 파묻어버렸으면 좋겠다. 암, 그래야지!"

"삼촌!"

조카가 애원하듯 말했지만 삼촌은 냉정하게 대꾸했다.

"조카 양반! 넌 네 식대로 크리스마스를 축하하라고. 난 나대로 할 테니."

"크리스마스를 축하한다고요? 삼촌은 크리스마스를 챙기지 않잖아요?"

"그러니까 나 좀 가만히 내버려두란 말이야! 네놈이나 실컷 크리스마스 덕을 봐. 여태껏 그런 모양이니!"

"세상에는 덕 보지 않아도 행복을 느끼게 하는 것들이 아주 많아요. 크리스마스도 그래요. 전 크리스마스가 돌아오면, 크리스마스의 성스러운 이름과 유래에서 우러나는 외경심이나 그와 관련된 다른 것들을 접어두더라도, 크리스마스가 참 좋은 때라고 생각해요. 친절과 용서와 자비와 기쁨이 충만한 때죠. 1년의 많은 날 가운데 남녀 할 것 없이 모두 닫았던 마음을 여는 것도 이때뿐이고, 자기보다 못한 사람들을 자신과는 다른 길을 가는 별종이라 여기지 않고 무덤으로 함께 가는 길동무로 여기는 것도 이때뿐이죠. 삼촌! 크리스마스 때문에 제 주머니에 금화 한 닢이나 은화 한 닢 넣어본 적은 없지만, 크리스마스가 저한테 복을 주었고 앞으로도 계속 줄 거라고 믿어요. 그래서 이렇게 말하죠. 크리스마스에게도 축복을.”

골방에 있던 서기가 자기도 모르게 박수를 쳤다. 하지만 잘못 끼어들었다는 걸 깨달은 서기는 애꿎은 난로를 들쑤시다가 간당간당하던 불씨마저 꺼뜨리고 말았다.

“그 박수 소리 다시 들리는 날에는 실업자 신세로 크리스마스를 보내게 될 줄 알아!”

스크루지는 조카를 돌아보며 말을 이었다.

“조카 양반, 말솜씨 한번 대단하시구먼. 그 입담으로 국회의원이나 되지그러셨소.”

“화내지 마세요, 삼촌. 내일 저희 집에 오셔서 저녁이나 같이 드세요.”

“그래, 나중에 보자.”

스크루지는 이렇게 말했다. 정말 이렇게 말했다. 하지만 그의 말을 한 자도 빠뜨리지 않고 옮기면 이렇다.

"그래, 나중에 보자. 네놈이 쪽박 차는 꼴을."

"왜, 도대체 왜 그러세요?"

"결혼은 왜 한 거냐?"

"사랑하니까요."

"사랑해서 결혼했다고?"

스크루지는 '즐거운 크리스마스' 보다 어리석은 유일한 말이 사랑이라는 듯 비아냥거렸다.

"돌아가!"

"아니, 삼촌! 결혼 전에도 절 보러 한 번도 안 오시더니 왜 이제는 결혼 핑계를 대면서 안 오시려는 거예요?"

"돌아가."

"전 삼촌한테 아무것도 바라지 않아요. 기대고 싶은 마음 눈곱만큼도 없다고요. 도대체 왜 우리는 이렇게 남남처럼 살아야 하죠?"

"돌아가라니까!"

"이렇게 막무가내로 고집을 피우시니 참 아쉽네요. 삼촌을 언짢게 하려던 건 아니었어요. 그냥 크리스마스를 기념해서 말씀드려 본 것뿐이에요. 어쨌든 전 크리스마스를 즐길 겁니다. 그럼, 즐거운 크리스마스 보내세요, 삼촌!"

"가!"

"새해 복 많이 받으세요."

"어서 가!"

조카는 불평 한마디 없이 사무실을 나온 뒤 현관 앞에 멈춰 서서는 서기에게 크리스마스 인사를 건넸다. 조카의 인사에 친절하게 답하는 걸 보면 서기는 몸은 꽁꽁 얼었을지 몰라도 마음은 스크루지보다 따뜻한 사람이었다.

스크루지는 서기의 목소리를 들으며 중얼거렸다.

"여기 또 한 놈 있었군. 일주일에 겨우 15실링으로 처자식 먹여 살리는 주제에 메리 크리스마스는 무슨 얼어 죽을! 내가 저놈들 꼴 보기 싫어서라도 정신병원에 가든지 해야지 원."

이 정신병자는 조카를 내보내고 손님 둘을 맞이했다. 풍채 좋고 인상 좋은 두 신사가 모자를 벗고 스크루지의 사무실에 들어섰다. 한 손에 장부와 서류 뭉치를 든 그들은 스크루지에게 인사를 건넸다.

한 신사가 장부를 들여다보며 말했다.

"여기가 스크루지와 말리 상점이 맞나요? 실례합니다만 스크루지 씨나 말리 씨와 얘길 나눌 수 있을까요?"

스크루지는 답했다.

"말리 씨는 7년 전에 죽었소. 7년 전 오늘 밤에 말이오."

그러자 그 신사가 신분증을 내보이며 말했다.

"저희는 생존하는 동업자 분께서 관대하신 고인의 뜻을 이을 것이라 믿어 의심치 않습니다."

맞는 말이었다. 스크루지와 말리는 같은 족속이었다. '관대하

신' 이라는 달갑잖은 말에 스크루지는 인상을 찌푸리더니 고개를
절레절레 흔들며 신분증을 돌려주었다.

신사는 펜을 들며 말했다.

"스크루지 선생님, 1년 중 가장 즐거운 이때 가난하고 어려운 이
웃들을 조금이나마 돕는 건 아주 보람 있는 일입니다. 지금 수천
명의 이웃들이 생필품조차 없고 수천 명의 이웃들이 잠자리가 없
어 추위에 떨고 있습니다."

"감옥은 없소?"

스크루지가 물었다.

신사는 펜을 내려놓으며 말했다.

"많습니다만."

"빈민 수용소는? 여전히 운영되겠지?"

"여전히 운영 중이죠. 그렇지 않다고 말씀드렸으면 좋겠습니다
만."

"형법과 빈민 구호법은 제대로 돌아가는가 보군."

"둘 다 잘 돌아가고 있습니다, 선생님."

"아, 난 또 처음에 당신이 말을 꺼냈을 때 괜히 걱정했지. 그 좋
은 시설이 무슨 일로 없어졌나 하고 말이오. 잘 돌아간다니 다행
이구먼."

"그것만으로는 수많은 가난한 이웃에게 기독교의 온정을 물심
양면으로 베풀기에 턱없이 부족합니다. 그래서 저희 같은 몇몇 사
람이 가난한 이웃들에게 고기와 술, 땔감을 마련해주기 위해 모금

을 하고 있어요. 왜 하필 이때 모금을 하느냐 하면 이 무렵 가난한 사람들은 빈곤함을, 부유한 사람들은 풍요로움을 절실히 느끼기 때문이죠. 선생님 존함을 뭐라고 적을까요?"

"적지 마시오!"

"익명으로 기부하길 원하세요?"

"내가 뭘 원하는지 물어서 말인데, 날 가만히 내버려두길 원하오. 난 크리스마스가 즐겁지 않을뿐더러 게으른 사람들을 즐겁게 할 여유는 전혀 없소. 난 아까 말한 시설에 지원하고 있소. 그걸로 충분하오. 궁한 사람들은 거기로 가라지."

"거기에 못 가는 사람들도 많습니다. 거기 가느니 차라리 죽겠다는 사람들도 많아요."

"죽겠다고 한다면 차라리 그러는 게 낫겠군. 쓸데없이 넘쳐나는 인구도 줄고. 게다가…… 실례하오만 난 그런 건 잘 모르오."

"잘 아시는 것 같은데요."

"내 알 바 아니오. 남 일에 신경 쓰지 말고 자기 일만 제대로 하면 되지. 난 내 일 하기도 바쁜 사람이오. 그럼 신사 양반들, 잘 가시오."

아무리 애써봐야 소용없다는 걸 깨달은 두 신사는 순순히 물러났다. 스크루지는 자신의 소신을 굽히지 않았다는 생각에 평소보다 한층 유쾌해져서 다시 일에 몰두했다.

그사이 안개와 어둠은 더욱 짙게 깔렸고, 횃불을 든 사람들이 마차 앞에서 길을 안내하느라 이리저리 뛰어다녔다. 늘 고딕풍의 벽

창문 너머로 스크루지를 훔쳐보는, 낡은 종을 매단 고풍스러운 교
회탑은 자욱한 안개에 가려 보이지 않았다. 저 위 자욱한 구름 속
에서는 매시간 그리고 15분마다 종소리가 울렸다. 종소리는 추위
에 이빨을 딱딱 부딪치듯 떨리는 여운을 남겼다. 추위는 더욱 심
해졌다. 큰길 모퉁이에서는 일꾼 몇몇이 불을 지펴놓고 가스관을
수리 중이었고, 그 주위에 누더기를 걸친 사내들과 소년들이 몰려
들어 손을 녹이며 황홀한 듯 눈을 끔뻑였다. 홀로 서 있는 소화전
은 넘쳐흐르던 물이 볼품없이 얼어붙어 기괴한 모습이었다. 상점
쇼윈도에 걸린 호랑가시나무 가지와 열매는 램프의 열기에 빠지
직 소리를 냈고, 상점 불빛은 지나가는 사람들의 창백한 얼굴을
붉게 물들였다. 푸줏간과 식품점은 먹을거리를 사고파는 곳이라
고는 믿기지 않을 정도로 질펀한 농담이 오가는 시끌벅적한 야외
극장이었다. 으리으리한 저택에 사는 시장은 요리사 50명과 집사
들에게 시장의 권위에 손색없이 크리스마스를 준비하라고 지시했
다. 하다못해 지난 월요일 고주망태가 되어 거리에서 행패를 부리
다 벌금 5실링을 문 변변찮은 제단사도 깡마른 아내와 아이가 쇠
고기를 사러 나간 사이 초라한 작은 방에서 내일 먹을 푸딩을 열
심히 휘저었다.

　안개는 점점 짙어졌고 날은 더욱 추워졌다. 살을 에는 듯한 매서
운 추위였다. 자비로운 성 던스턴(불에 달군 부젓가락으로 악마를 쫓았
다는 대장장이의 신―옮긴이)이 익숙한 무기 대신 지금처럼 이런 매
서운 날씨로 악마의 코를 비틀었다 해도 호탕하게 큰소리칠 수 있

었으리라. 굶주린 개에게 물어뜯긴 뼈다귀처럼 추위에 작은 코를 물어뜯긴 것 같은 한 꼬마가 스크루지를 즐겁게 하겠다고 그의 사무실 문 앞에 웅크리고 앉아 열쇠 구멍에 대고 크리스마스 캐럴을 부르기 시작했다.

"하느님께서 그대 유쾌한 신사를 축복하시길!
그대를 실망시킬 건 아무것도 없나니!"

첫 소절을 불렀을 때 스크루지는 자를 움켜쥐었다. 그러자 꼬마는 겁에 질려 줄행랑을 쳤다. 안개와, 스크루지와 딱 어울리는 서리 속에 열쇠 구멍만 남겨두고.

사무실 문을 닫을 때가 되자 스크루지는 마지못해 의자에서 일어서며 말없이 퇴근 시간을 알렸다. 골방에 처박혀 이 시간만 고대하던 서기도 촛불을 끄고 모자를 썼다.

"자네 내일 종일 쉬고 싶지?"

"예, 사장님만 괜찮다면요."

"괜찮지 않을뿐더러 공평하지도 않지. 자네가 하루 쉰다고 내가 월급에서 반 크라운(영국 옛 화폐단위에서 2실링 6펜스―옮긴이)을 깎는다면 보나마나 자네는 억울해할 거야. 그렇지 않아?"

서기는 살짝 웃었다.

스크루지는 말을 이었다.

"그런데 일하지 않는 날까지 다 쳐서 월급을 줘야 하는 내가 억울하겠다고는 여기지 않을 테지."

서기는 1년에 고작 하루뿐이라고 말했다.

스크루지는 외투 단추를 턱까지 채우며 말했다.

"그건 12월 25일마다 남의 주머니에서 돈을 빼내려는 궁한 변명일 뿐이야. 어쨌든 내일 하루 꼬박 쉬겠단 말이지, 그럼 모레는 새벽같이 출근하게."

서기는 그러겠다고 약속했고 스크루지는 투덜거리며 밖으로 나갔다. 사무실 문은 눈 깜짝할 사이에 잠겼다. 서기는 흰 목도리를 허리 아래까지 늘어뜨리고는(나 외투 없소, 하고 자랑하듯) 크리스마스이브를 축하하며 콘힐 언덕에서 미끄럼 타는 아이들 꽁무니에 붙어 스무 번이나 미끄럼을 탔다. 그러고는 집에서 기다리는 아이들과 장님놀이를 하기 위해 캠던타운의 집으로 부리나케 달려갔다.

스크루지는 평소처럼 음침한 선술집에서 외롭게 저녁식사를 한 다음, 신문이란 신문은 모조리 읽고 은행 장부를 뒤적이다가 잠을 자기 위해 집으로 향했다. 그는 오래전에 죽은 동업자가 살던 독신자 아파트에서 살았다. 우중충한 방들이 다닥다닥 붙어 있는 이 아파트는 골재 더미가 아무렇게나 쌓인 공터에 서 있었다. 도저히 집이 들어설 만한 곳이 아니었다. 아파트가 갓 지어졌을 때 다른 건물들과 숨바꼭질을 하다 길을 잃고 그냥 눌러앉은 것이라고 생각할 수밖에 없었다. 이제는 너무 낡고 을씨년스러워 스크루지 말고는 아무도 살지 않았고, 다른 방들은 모두 사무실로 세를 주었다. 마당은 어찌나 어두운지 돌멩이 하나까지 꿰고 있는 스크루지

조차 더듬거리며 지나가야 할 정도였다. 안개와 서리가 눌어붙은 낡고 시커먼 현관문은 날씨를 다스리는 신이 슬픔에 잠겨 죽치고 앉아 있는 듯했다.

그건 그렇고, 현관 문고리는 크다는 것 말고는 특별할 게 없었다. 스크루지는 이 아파트에 사는 내내 이 문을 봐왔고 런던의 여느 사람들(감히 예를 들면 시의원들, 시 상원의원들, 동업조합원들을 포함한 런던 시민들)처럼 상상력이라곤 없었다. 그리고 조금 전에 얘기를 꺼낸 것 말고는 7년 전에 죽은 동업자 말리에 대해 한 번도 생각하지 않았다는 걸 잊지 말아야 한다. 사실이 이런데도 열쇠 구멍에 열쇠를 꽂던 스크루지가 멀쩡한 문고리에서 왜 문고리가 아니라 말리의 얼굴을 보았는지 아는 사람이 있으면 설명을 부탁한다.

말리의 얼굴! 그것은 마당의 물건들처럼 분간할 수 없는 어둠에 파묻힌 게 아니라, 어두운 지하실에 있는 썩은 바닷가재처럼 음산한 빛을 띠고 있었다. 화난 표정도 험악한 표정도 아닌, 유령 같은 이마에 유령 같은 안경을 쓰고는 살아생전의 표정 그대로 스크루지를 바라보았다. 입김 때문이지 열기 때문인지 머리카락이 이상하게 휘날렸고 미동 없이 부릅뜬 두 눈과 파리한 납빛 얼굴은 스크루지의 머리카락을 쭈뼛 서게 만들었다. 그 표정은 말로 표현할 수 없는 엄청난 공포에 질린 듯했다.

스크루지가 그 모습을 뚫어져라 바라보는 사이 그것은 문고리로 바뀌었다.

스크루지가 전혀 놀라지 않았다거나 처음 겪는 낯선 공포에 피가 거꾸로 솟는 느낌을 받지 않았다면 그것은 거짓말일 것이다. 하지만 스크루지는 엉겁결에 떨어뜨린 열쇠를 주워 들고는 힘껏 돌려 문을 연 뒤 집 안으로 들어가 촛불을 켰다.

그는 현관문을 닫기 전에 잠시 멈추고는, 꽁지머리를 한 말리의 모습이 불쑥 튀어나오지 않을지 마음 졸이며 뒤를 돌아보았다. 하지만 문고리를 고정하는 나사못 외에는 아무것도 보이지 않았다. 그는 한심하다는 듯 "칫" 하고는 문을 쾅 닫았다.

문 닫는 소리는 천둥소리처럼 온 집 안에 울려 퍼졌다. 위층의 모든 방과 아래층 포도주 상인의 지하 창고에 보관 중인 모든 술통에서 메아리치는 것 같았다. 메아리에 아랑곳할 스크루지가 아니었다. 그는 문을 굳게 잠그고는 복도를 지난 뒤 촛불을 조심히 다루며 아주 천천히 층계를 올랐다.

이 층계를, 육두마차도 올라갈 정도로 튼튼한 낡은 층계지만, 동시에 육두마차도 쉽게 빠져나갈 만큼 엉성한 새 법망 같다고 막연히 표현할 수도 있다. 하지만 그보다는 장의마차가 가로로, 그러니까 말을 연결하는 가로막대를 벽 쪽으로 하고 마차 뒷문을 난간 쪽으로 향한 채 올라갈 수 있을 정도라고 표현하는 게 낫겠다. 그만큼 층계는 넓고 여유가 있었다. 스크루지가 어둠 속에서 자신의 앞으로 지나가는 장의마차를 보았다고 생각하는 것도 이 때문일지 모른다. 거리에서 가스등 대여섯 개를 뽑아서 비춘다 해도 층계 초입을 제대로 밝히지 못할 정도였으니 스크루지가 든 촛불 하나로는 얼마나 어두웠을지 짐작이 갈 것이다.

스크루지는 어둠 따위는 전혀 아랑곳 않고 충계를 올라갔다. 어두우면 돈이 적게 드는 것이니 차라리 어둠이 좋았다. 스크루지는 방들을 돌아다니며 아무 이상 없는지 확인한 후에야 자기 방의 육중한 문을 닫았다. 말리의 얼굴이 계속 떠올라서 그러지 않고서는 영 꺼림칙했다.

거실, 침실, 창고 모두 평소와 다름없었다. 탁자와 소파 밑에도 아무도 없었다. 벽난로의 희미한 불꽃, 숟가락과 그릇, 벽난로 시렁에 얹어놓은 작은 죽 냄비도(스크루지는 코감기에 걸렸다) 그대로였다. 침대 밑과 벽장 속에도 아무도 없었다. 수상쩍게 걸려 있는 잠옷 속에도 아무도 숨어 있지 않았다. 창고도 평소와 똑같았다. 낡은 벽난로 울, 낡은 신발, 생선 바구니 두 개, 삼발이 세숫대야, 부지깽이 모두 아무 이상 없었다.

안심한 스크루지는 방문을 닫고 문을 걸어 잠갔다. 평소와는 달리 이중으로 잠갔다. 이렇게 만반의 대비를 한 후에야 스크루지는 넥타이를 풀고 잠옷으로 갈아입고는, 슬리퍼를 신고 나이트캡을 쓰고서 죽을 먹기 위해 벽난로 가에 앉았다.

난롯불은 하도 약해서 혹독하게 추운 겨울밤에는 있으나 마나였다. 스크루지는 벽난로에 바싹 다가앉으며 몸을 웅크리고는 한 줌밖에 안 되는 난롯불에서 온기를 얻었다. 이 낡은 벽난로는 오래전 네덜란드 상인이 만든 것인데 성경의 내용을 그려 넣은 네덜란드제 타일이 여기저기 붙어 있었다. 카인과 아벨, 파라오의 딸, 시바의 여왕, 새털구름을 타고 하늘에서 내려오는 천사, 아브라함,

벨사살, 버터 그릇처럼 생긴 배를 타고 출항하는 사도들 등 수많은 그림이 스크루지를 사로잡았다. 바로 그때, 7년 전에 죽은 말리의 얼굴이 고대 선지자의 지팡이처럼 홀연히 나타나 모든 것을 삼켜버렸다. 만약 매끄러운 타일에 아무것도 그려져 있지 않고, 그 타일이 스크루지의 생각의 조각들을 그려낼 수 있었다면 모든 타일이 늙은 말리의 얼굴로 도배되었을 것이다.

"웃기는군."

스크루지는 방 안을 왔다 갔다 했다.

몇 번을 왔다 갔다 하더니 스크루지는 다시 의자에 앉았다. 등받이에 머리를 기대자 벽에 걸린 종이 보였다. 지금은 기억나지 않는 어떤 이유로 건물 꼭대기에 있는 방과 연락할 때 사용하던 종이었다. 그런데 실로 놀랍고 이상하고 말할 수 없이 두려운 일이 벌어졌다. 스크루지가 종을 보는 순간 종이 흔들리기 시작했다. 처음에는 약하게 흔들려 거의 소리가 들리지 않았지만 차츰 소리가 높아졌고, 마침내 집 안의 모든 종이 울려댔다.

종은 30초에서 1분 정도 울렸을 뿐이지만, 한 시간은 울린 듯 느껴졌다. 종소리는 시작할 때처럼 일제히 그쳤다. 곧 지하실 쪽에서 절그럭거리는 소리가 들려왔다. 누군가 포도주 통을 묶는 묵직한 쇠사슬을 포도주 상인의 지하 창고에서 끌고 다니는 것 같았다. 문득 스크루지는 유령들이 흉가에서 쇠사슬을 끌고 다닌다는 이야기가 떠올랐다.

덜컹 하고 지하실 문이 열리더니 쇠사슬 끄는 소리가 더욱 요란하게 들렸다. 그 소리는 아래층에서 들리나 싶더니 층계를 올라 곧바로 그의 방으로 향했다.

"바보도 아니고, 누가 그런 걸 믿어!"

그러나 다음 순간 스크루지의 얼굴에 핏기가 가셨다. 그것이 육 중한 문을 뚫고 들어와 그대로 방을 가로질러 코앞까지 다가온 것이다. 그러자 꺼져가던 불꽃은 "난 이게 누군지 알아, 말리의 유령이야!"라고 외치는 듯 확 피어오르더니 사그라졌다.

그 얼굴. 아까 본 바로 그 얼굴이었다. 꽁지머리에, 평소처럼 외투와 긴 양말과 부츠 차림을 한 말리였다. 그의 꽁지머리만큼이나 빳빳한 부츠의 장식 술, 외투 자락, 머리카락까지 똑같았다. 말리가 끌고 다니는 쇠사슬은 허리를 감고 있었다. 마치 꼬리처럼 몸을 친친 감은 쇠사슬에는 (스크루지가 자세히 살펴보니) 돈궤, 열쇠, 맹꽁이자물쇠, 장부, 증서, 쇠로 만든 육중한 지갑이 매달려 있었다. 말리의 몸은 투명했다. 스크루지는 말리의 외투를 통과해 외투 뒤쪽에 달린 단추 두 개를 볼 수 있었다.

스크루지는 사람들이 말리를 "창자 빠진 인간"이라고 부르는 걸 자주 들었지만, 지금까지 그렇게 믿은 적은 한 번도 없었다.

그렇다. 지금도 믿지 않았다. 자기 앞에 서 있는 유령을 보고 또 보았지만, 유령의 차가운 눈에서 서늘한 공포를 느꼈지만, 유령의 머리와 턱을 감싼 난생처음 보는 붕대의 올이 뚜렷이 보였지만, 스크루지는 여전히 믿기지 않아 자신의 눈을 의심했다.

스크루지는 평소처럼 쌀쌀맞게 빈정대며 말했다.

"웬일인가? 나한테 뭔 볼일이라도 있나?"

"있지. 그것도 많이."

틀림없는 말리의 목소리였다.

"당신 누구야?"

"내가 누구였냐고 묻게나."

스크루지는 목소리를 높이며 물었다.

"좋아. 당신 누구였소? 별나구먼, 유령치고는."

스크루지는 '유령 주제에' 라고 말하려다가 말을 바꾸었다.

"이승에 있을 때 자네 동업자이던 제이컵 말리네."

"자네, 앉을 수 있나?"

스크루지가 미심쩍은 표정으로 물었다.

"물론."

"그럼 좀 앉게."

투명한 유령이 정말 의자에 앉을 수 있는지 의심스러워하며 스크루지가 말했다. 게다가 만약 앉지 못한다면 유령이 어떤 변명을 늘어놓을지도 궁금했다. 하지만 유령은 벽난로 맞은편 의자에 익숙하게 앉았다.

"자네, 날 믿지 않는군."

"그래."

"자네 눈으로 똑똑히 보고서도 믿지 못하는 건가?"

"글쎄."

"왜 자기 눈을 의심하지?"

"눈은 아주 작은 것에도 영향을 받거든. 속이 조금만 거북해도 헛것이 보이지. 자네는 소화되지 않은 고기 한 점, 겨자 한 방울, 치즈 한 조각, 설익은 감자 한 조각일지도 몰라. 자네가 뭐든 간에 자네한테선 무덤 냄새보다 고깃국 냄새가 난단 말이야!"

평소 농담을 하지 않는 스크루지는 말장난할 마음이 전혀 없었다. 사실 유령의 목소리에 뼛속까지 덜덜 떨렸기 때문에 주의를 돌려 무서움을 누르려고 재치 있는 말을 하는 것일 뿐이었다.

스크루지는 잠깐이라도 아무 말 없이 유령의 흐릿한 눈을 쳐다 보다가는 미쳐버릴 것 같았다. 유령에게서는 섬뜩한 지옥의 분위기가 풍겼다. 스크루지는 느끼지 못했지만 분명히 그랬다. 꼼짝 않고 앉아 있는 유령의 머리카락과 옷자락, 장식 술이 오븐에서 피어오르는 김처럼 어른거리며 흔들렸다.

"이 이쑤시개 보이나?"

스크루지는 두려움을 누르려 불쑥 이렇게 물었다. 잠시만이라도 유령의 돌처럼 굳은 시선을 피하고 싶은 마음이 굴뚝같았다.

"보이네."

"보고 있지도 않잖아?"

"보지 않아도 보여."

"좋아. 그럼 이걸 삼키는 수밖에 없군. 그리고 여생을 내가 만들어낸 허깨비 떼한테 박해나 받아야겠어. 헛소리, 헛소리하지 말라고!"

유령은 섬뜩한 고함을 내지르며 쇠사슬을 흔들었다. 무시무시하고 오싹한 쇠사슬 소리에 기겁한 스크루지는 의자를 꽉 거머쥐었다. 게다가 유령은 방 안이 너무 덥다는 듯 머리에 감은 붕대를 풀었고, 그러자 아래턱이 가슴으로 툭 떨어졌다. 스크루지는 가슴이 철렁 내려앉았다.

스크루지는 무릎을 꿇고 얼굴 앞으로 두 손을 모으며 말했다.

"자비를 베푸소서, 무서운 유령이시여. 왜 저를 괴롭히십니까?"

"이 속된 인간아! 나를 믿느냐, 믿지 않느냐?"

"믿어요. 믿고말고요. 그런데 유령이 왜 이승을 떠돌아다니며, 또 왜 절 찾아오신 건가요?"

"무릇 영혼이란 주변 사람들 사이를 돌아다녀야 하며, 멀리 여행을 해야 하는 법이네. 허나 생전에 그러지 못한 영혼은 죽은 뒤에라도 그렇게 해야 하지. 아, 슬프다! 이승을 떠돌면서도 지켜만 볼 뿐 사람들과 함께하지 못하니. 이승에서 사람들과 함께 살 수 있다면 행복할 텐데!"

유령은 또다시 소리를 지르더니 쇠사슬을 흔들고 그림자 같은 두 손을 비틀었다.

스크루지는 벌벌 떨면서 물었다.

"쇠사슬에 묶여 계신데 이유가 뭔가요?"

"살아생전에 나 스스로 만든 쇠사슬이야. 한 고리, 한 고리씩, 1미터, 1미터씩 늘렸지. 내 의지대로 이 쇠사슬에 묶였다네. 스스로 묶인 거지. 왜, 자네 눈에는 이상하게 보이나?"

스크루지는 더욱 바들바들 떨었다.

유령은 말을 이었다.

"자네가 짊어진 쇠사슬이 얼마나 무겁고 긴지 알고 싶지 않나? 자네 것은 7년 전 크리스마스이브 때 내 것과 같은 무게와 길이였다네. 그 후 계속해서 늘려왔으니 지금은 상당할 거야!"

스크루지는 100미터쯤 되는 쇠사슬이 자신의 몸에 감겨 있는지 확인하려는 듯 아래쪽을 이리저리 훑어보았다. 하지만 아무것도 보이지 않았다.

스크루지는 애원했다.

"제이컵! 여보게, 제이컵 말리! 좀 더 자세히 얘기해주게. 위안이 되는 말을 좀 해줘!"

"해줄 말이 없네. 그건 다른 세상의 일이야, 에버니저 스크루지. 다른 세상의 성직자들이 자네와는 다른 부류의 사람들에게나 전하는 말이지. 내가 해줄 말은 없네. 내게 허락된 시간은 많지 않아. 난 어디서 쉴 수도, 머물 수도, 지체할 수도 없어. 잘 듣게. 내 영혼은 평생 한 번도 우리 사무실을 떠난 적이 없어. 내 영혼은 그 돈놀이의 좁은 울타리를 벗어난 적이 없기 때문에 지금 내 앞에는 지루한 여행길만 남아 있다네."

스크루지는 생각에 잠기면 바지주머니에 손을 넣는 버릇이 있었다. 스크루지는 무릎을 꿇고 눈을 내리깐 채 바지주머니에 손을 넣고는 유령의 말을 되새겼다.

그러고는 공손하고 정중하지만 사무적인 말투로 말했다.

"오랜 여행이었겠군, 제이컵."

"오랜 여행이라!"

스크루지는 생각에 잠긴 채 말했다.

"죽은 뒤 7년 동안 계속 떠돌아다녔나?"

"내내 휴식도 평화도 없었네. 양심의 가책으로 끝없는 고통에 시달렸지."

"빠르게 다니나?"

"바람의 날개를 타고 다니지."

"7년 동안 웬만한 데는 다 가봤겠군."

그러자 유령은 다시 울부짖으며 쇠사슬을 절그럭거렸다. 쥐 죽은 듯한 한밤중에 그 소리가 어찌나 시끄러운지 안면방해로 고발당할 수도 있었으리라.

"아, 속박되고 얽매이고 쇠사슬로 친친 감긴 이 몸! 불멸의 존재들이 영겁의 세월 동안 끊임없이 베풀어준 행복을 이승에서는 깨닫지 못한 채 저승으로 떠나오다니. 이 보잘것없는 이승에서 그리스도의 정신을 제아무리 충실히 행한다 해도, 유한한 인간의 삶은 그 뜻을 헤아리고 펼치기엔 턱없이 부족하다는 것을 몰랐다니. 한번뿐인 삶의 기회를 놓치고 후회해봐야 소용없다는 것을 몰랐다니. 아, 나는 그랬다네. 그게 나였어."

스크루지는 머뭇거리며 말했다.

"하지만 자네는 훌륭한 사업가였잖나, 제이컵."

그 말은 스크루지 자신에게 하는 말이기도 했다.

유령은 두 손을 비틀며 소리쳤다.

"사업! 난 인류를 위한 사업을 해야 했어. 누구나 잘 살게 하는
그런 사업 말이야. 자비, 박애, 용서, 자선. 이 모든 것이 내가 했
어야 할 사업이었네. 내가 한 거래들은 내가 했어야 할 일들에 비
하면 망망대해에 떨어진 물 한 방울에 지나지 않았어."

유령은 쇠사슬이 모든 고통의 원인이라는 듯 쇠사슬을 한껏 들
어 올리더니 힘껏 내팽개쳤다.

"1년의 흐름 중 난 이때가 제일 고통스럽네. 왜 이웃의 고통을
외면했던가, 왜 동방박사들을 가난한 자들에게 인도한 별을 보지
못했던가. 그 별이 나를 인도할 가난한 집이 없었던 건 아닐 텐
데."

이 말에 스크루지는 당황해서 오들오들 떨기 시작했다.

유령이 외쳤다.

"자, 내 말 잘 듣게나. 이제 내 시간은 다 끝나가니!"

"알았네. 하지만 너무 가혹하겐 하지 말게. 돌려서 말하지도 말
고, 제이컵! 부탁이네!"

"내가 어떻게 자네 앞에 나타났는지는 말하지 않겠네. 자네는
볼 수 없지만 나는 하루에도 열두 번은 자네 곁에 앉아 있다네."

썩 듣기 좋은 소리는 아니었다. 스크루지는 진저리를 치며 이마
에 맺힌 땀을 닦았다.

"그건 내가 받는 벌 중에서 결코 가벼운 게 아니야. 내가 오늘
밤 여기 온 이유는 자네에게 경고하기 위해서라네. 자네에겐 나와
같은 운명에서 벗어날 기회와 희망이 있어. 이건 내가 마련하는

마지막 기회이자 희망이네, 에버니저."

"자넨 늘 좋은 친구였어, 고맙네."

"자네에게 세 유령이 찾아올 걸세."

스크루지의 표정이 유령만큼이나 침울해졌다.

"그게 자네가 말한 기회이자 희망인가, 제이컵?"

"그렇네."

"어, 내 생각엔 안 만나는 게 좋겠는데."

"만나지 않고서는 자넨 내가 걸어온 길을 피할 수 없어. 내일 1시 종이 울릴 때 첫 번째 유령이 찾아올 거야."

스크루지는 넌지시 물었다.

"한꺼번에 만나면 안 될까? 그게 더 좋겠는데, 제이컵."

"두 번째 유령은 다음 날 밤 같은 시각에 찾아올 걸세. 세 번째 유령은 그다음 날 자정을 알리는 종소리가 멈출 때 나타날 거야. 이제 더는 날 볼 수 없을 거네. 자네 자신을 위해 우리가 나눈 대화를 꼭 기억해두게."

말을 마친 후 유령은 탁자에서 붕대를 집어 들어 처음처럼 머리에 둘렀다. 스크루지는 이가 갈리는 소리를 듣고서 유령의 턱이 붕대로 고정되었다는 걸 알았다. 용기를 내어 눈을 치켜뜨니 쇠사슬을 팔에 친친 감고 서서 자신을 바라보는 신비한 방문자가 보였다.

유령은 서서히 물러났다. 유령이 한 발 한 발 디딜 때마다 창문이 조금씩 올라가더니, 창문에 다다랐을 때는 완전히 열렸다. 유령이 스크루지에게 다가오라고 손짓하자 스크루지는 그대로 따랐다. 두 발짝만 더 가면 유령에게 닿을 거리까지 갔을 때 유령이 더는 다가오지 말라는 듯 손을 번쩍 들었다. 스크루지는 그 자리에 멈췄다.

그것은 복종이 아니라 놀라움과 두려움 때문에 나온 행동이었다. 유령이 손을 번쩍 드는 순간, 허공에서 이상한 소리가 들렸다. 비탄과 후회, 말로는 표현할 수 없는 슬픔과 자책의 통곡이 뒤섞인 소리였다. 유령은 그 소리에 잠시 귀를 기울이더니 구슬픈 노래를 따라 부르며 쌀쌀한 어둠 속으로 둥둥 날아갔다.

스크루지는 호기심이 일어 창가로 가서 밖을 내다보았다.

밤하늘은 슬피 울면서 이리저리 떠도는 유령들로 가득했다. 하나같이 말리의 유령처럼 쇠사슬을 감고 있었고 몇몇은 쇠사슬에 서로 묶여 있었다(죄 지은 공무원들이리라). 어느 유령도 자유롭지 못했다. 스크루지와 알고 지낸 유령들도 있었다. 그중 흰 외투를 입고 발목에 강철 금고를 매단 늙은 유령과는 꽤 친한 사이였다. 그 유령은 현관 층계에서 아기를 안고 서 있는 가련한 여자를 도와주지 못해 안타깝게 울고 있었다. 모두 선한 마음으로 인간들을 돕고 싶어도 그러지 못하기 때문에 슬퍼하는 것이었다.

유령들이 안개 속으로 사라졌는지 아니면 안개가 유령들을 덮어버렸는지는 알 수 없었지만, 유령들과 유령들의 목소리는 함께 사라졌다. 어느새 밤은 스크루지가 집에 들어왔을 때와 똑같이 변해 있었다.

스크루지는 창문을 닫고 유령이 들어온 문을 살펴보았다. 자신이 잠근 그대로 이중으로 잠겨 있고 빗장도 그대로였다. 스크루지는 '웃기는군' 이라고 말하려 했지만 첫 음절에서 말을 멈추고 말았다. 좀 전에 겪은 두려움 탓인지, 유독 피곤한 날이었기 때문인지, 보이지 않는 세계를 보아서인지, 유령과 지루한 대화를 나눈 탓인지, 아니면 밤이 깊어 휴식이 절실했기 때문인지, 아무튼 스크루지는 곧바로 침대로 향했고 옷도 벗지 않은 채 곯아떨어졌다.

2
과거의 크리스마스 유령

스크루지가 잠에서 깨어났을 때 방 안은 투명한 창문과 불투명한 벽이 분간되지 않을 정도로 어두웠다. 눈을 게슴츠레 뜨고서 어둠 속을 뚫어져라 쳐다보는데, 15분마다 울리는 근처 교회의 종이 네 번 울렸다. 스크루지는 정시를 알리는 종소리에 귀를 기울였다.

육중한 종소리는 여섯 번을 지나 일곱 번, 일곱 번도 지나 여덟 번, 그렇게 꼬박 열두 번을 울리고 나서야 멎었다. 어처구니가 없었다. 12시라니! 그가 잠든 건 2시가 지났을 때였다. 시계가 고장 났군. 톱니에 고드름이라도 끼었나 보지. 12시라고!

스크루지는 터무니없는 시각을 확인하려 리퍼터(스프링을 누르면 시간 단위별로 소리를 내서 시각을 알려주는 시계)의 스프링을 눌렀다. 이 시계의 작은 맥박도 빠르게 열두 번을 울리더니 멎췄다.

"허, 이럴 수가. 하루를 꼬박 잤단 말이야? 낮 12신데 태양에 뭔 일이 생겨서 이런 건 아닐 테고."

불길한 예감에 스크루지는 침대에서 기어 나와 더듬더듬 창가로 갔다. 서리가 잔뜩 낀 창문을 잠옷 소매로 닦아내고 창밖을 내다보았지만 아무것도 보이지 않았다. 밖은 안개가 자욱했고 몹시 추웠다. 지나는 행인들 발소리는 들리지 않았고 별다른 소동도 없는 듯했다. 밤이 낮을 밀어내고 세상을 삼켜버렸다면 야단법석이 났을 것이다. 스크루지는 마음이 놓였다. 하마터면 '이 어음을 일람하고 3일 후 에버니저 스크루지나 그가 지정한 자에게 기재된 금액을 지급하시오' 하는 따위의 계약서는 미국의 몇몇 주에서 발행한 채권처럼 휴지 조각이 될 뻔했다.

스크루지는 다시 침대로 가서 생각하고 또 생각하고 몇 번이고 생각을 거듭했지만 도무지 알 수가 없었다. 생각할수록 혼란스러웠고 생각하지 않으려 할수록 자꾸 생각이 났다. 말리의 유령이 머릿속을 떠나지 않고 괴롭혔다. 곰곰이 생각한 끝에 모두 꿈이었다고 결론을 내리려 하면, 강력한 스프링이 튀어 오르듯 원점으로 되돌아갔다.

'꿈일까, 생시일까?'

스크루지는 생각에 잠긴 채 침대에 누워 있었다. 15분마다 울리는 종이 세 번째 울렸을 때 문득 1시가 되면 유령이 찾아올 거라던 말리 유령의 말이 떠올랐다. 스크루지는 그 시간이 될 때까지 깨어 있겠다고 결심했다. 다시 잠들기란 천당에 가는 것만큼이나 어러울 판이니 깨어 있는 게 현명한 결정이었다.

마지막 15분이 어찌나 길게 느껴지던지 스크루지는 깜빡 조느라 시계 소리를 못 들은 게 아닐까 하고 몇 번이고 의심했다. 그러다 마침내 기다리던 소리가 울렸다.

땡!

스크루지는 시간을 세기 시작했다.

"15분."

땡!

"30분."

땡!

"45분."

땡!

"정각."

스크루지는 의기양양하게 말했다.

"뭐야, 아무 일도 없잖아."

그 말이 떨어지기 무섭게 깊고 둔탁하며 공허하고 음울한 종소리가 한 번 더 울렸다. 별안간 방이 환해지며 침대 커튼이 젖혔다.

어떤 손이 침대 커튼을 옆으로 젖힌 것이다. 발치에 드리운 커튼도, 등 뒤의 커튼도 아니고 바로 얼굴 앞의 커튼이었다. 반쯤 드러누운 자세로 몸을 일으키던 스크루지는 이 세상 사람으로 보이지 않는 방문자와 얼굴이 딱 마주쳤다. 내가 지금 여러분을 대하는 것만큼 가까운 거리였다. 머릿속에서 나는 지금 여러분 팔꿈치 옆에 서 있다.

묘하게 생긴 어린아이의 모습이었다. 아니, 어린아이 같으면서 노인처럼 보이기도 했다. 초자연적인 매개를 통해 보는 듯 몸이 아득하게 보였고 몸집이 어린아이만 하게 보였다. 나이가 많은지 목덜미에서 등까지 길게 늘어뜨린 머리카락은 백발이었다. 주름 하나 없는 얼굴은 매끈하고 혈색이 좋았다. 몹시 긴 팔은 근육질이었으며 손을 보니 손아귀 힘이 상당할 것 같았다. 아주 섬세해 보이는 다리와 발은 팔과 손처럼 맨살이었다. 순결한 흰색의 하늘거리는 옷을 걸쳤고, 허리에는 눈부시게 빛나는 허리띠를 차고 있었다. 여름 꽃들로 장식된 옷은 손에 든 겨울의 상징인 싱싱한 호랑가시나무와 묘한 대조를 이루었다. 그런데 가장 이상한 것은 정수리에서 내뿜는 빛으로, 그 빛 덕분에 지금까지 말한 모든 것을 볼 수 있었다. 움직임이 적을 때는 겨드랑이에 낀 모자를 불 끄는 기구로 쓰는 게 분명했다.

차츰 진정이 되어 유령을 찬찬히 보니 이상한 점은 그뿐이 아니었다. 유령의 허리띠가 불꽃 튀듯 이쪽에서 번쩍, 저쪽에서 번쩍하고는 깜빡 어두워졌다가 다시 밝아지면서 유령의 모습이 전혀 다르게 바뀌었다. 팔이 하나였다가 다리가 하나가 되고, 다리가 스무 개인가 싶더니 이내 다리는 두 개인데 머리가 없어졌다. 그런가 하면 몸뚱이는 없고 머리만 있기도 했다. 떨어져 나간 부분들은 짙은 어둠에 녹아들어 형체를 알아볼 수 없었다. 이 놀라운 현상이 벌어지는 가운데 유령은 다시 원래의 뚜렷하고 선명한 모습으로 되돌아왔다.

"오늘 밤에 오신다던 그 유령이십니까?"

"그렇다."

유령의 목소리는 부드럽고 다정했다. 야릇하고 낮은 그 목소리는 가까이가 아니라 아주 멀리서 들리는 듯했다.

"누구, 아니 무슨 유령이십니까?"

"난 과거의 크리스마스 유령이다."

스크루지는 난쟁이 같은 유령을 바라보았다.

"아주 먼 과거를 말씀하시는 건가요?"

"아니다, 너의 과거다."

뜬금없이 왜 그런 생각이 들었는지 몰라도 스크루지는 유령이 모자를 쓴 모습을 보고 싶어졌다. 그래서 유령에게 한 번만 써보라고 간청했다.

유령이 소리쳤다.

"뭐라고! 너의 그 속된 손으로 내가 선사하는 이 빛을 빨리 꺼버리려느냐? 제놈들 욕망으로 만든 이 모자를 수많은 세월 동안 줄곧 내 머리에 씌워놓은 인간들 중 하나가 네놈이거늘. 그것으로도 성에 차지 않는단 말이냐?"

스크루지는 기분 상하게 할 뜻은 조금도 없었으며, 평생 한 번도 유령에게 '모자를 씌운' 적은 없다고 고개를 조아리며 공손하게 말했다. 그러고는 용기를 내어 무슨 볼일로 여기에 왔느냐고 물었다.

"너를 행복하게 해주려고 왔다!"

유령의 대답에 스크루지는 무척 고맙다고 말했지만, 속으로는 그냥 편하게 자게 내버려두는 게 더 낫겠다고 생각했다. 유령은 그런 생각을 읽기라도 한 듯 얼른 덧붙였다.

"네 생각을 고쳐주겠다. 각오해라!"

유령은 억센 손을 내밀어 스크루지의 팔을 지그시 잡았다.

"일어나라. 함께 갈 데가 있다!"

날씨로 보나 시간으로 보나 밖을 돌아다니기는 무리고, 침대는 따뜻하지만 바깥 온도는 영하를 훨씬 밑도는 데다가 슬리퍼에 잠옷 바람으로 나가면 감기에 걸릴 거라고 애원해도 소용없을 듯했다. 스크루지의 팔을 움켜쥔 유령의 손은 여자 손처럼 부드러웠지만 저항할 수가 없었다. 스크루지는 침대에서 일어났다. 그러나 유령이 창문 쪽으로 가자 스크루지는 유령의 옷자락을 잡고 애원했다.

"전 인간입니다. 창문에서 떨어질 거예요."

유령은 스크루지의 가슴에 손을 얹었다.

"내 손이 닿기만 하면 넌 이보다 더 높은 곳까지 올라갈 수 있다."

말이 끝나자마자 스크루지와 유령은 벽을 통과해, 길 양옆으로 밭이 넓게 펼쳐진 시골 길에 서 있었다. 도시는 온데간데없었다. 흔적조차 없었다. 어둠과 서리 내리는 도시 대신 눈 쌓인 벌판과 청명하고 쌀쌀한 겨울 한낮의 풍경이 펼쳐졌다.

"세상에! 내 고향이잖아. 어릴 때 살던 곳이야!"

유령이 부드러운 표정으로 스크루지를 바라보았다. 눈 깜짝할 사이긴 하지만 그 부드러움이 늙은이에게 전해지는 듯했다. 스크루지는 대기에 떠다니는 수많은 향기, 실로 오랫동안 까마득히 잊고 지낸 수많은 생각, 희망과 기쁨, 불안을 느낄 수 있었다.

"입술이 떨리는구나. 네 뺨에 그건 무엇이냐?"

스크루지는 평소와 달리 목이 멘 듯한 목소리로 더듬더듬 뽀루지라고 대답한 뒤, 자신이 살던 곳으로 데려다달라고 했다.

"이 길을 기억하느냐?"

스크루지는 흥분한 목소리로 대답했다.

"기억하고말고요! 눈 감고도 갈 수 있어요."

"오랫동안 잊고 지내서 낯설 텐데! 어쨌든 가보자."

유령과 함께 걸어가는 동안 스크루지는 거리의 모든 것, 대문 하나, 말뚝 하나, 심지어 나무 한 그루까지 기억이 났다. 저 멀리 시장이 서는 작은 마을과 다리와 교회, 강줄기가 보였다. 털이 덥수룩한 망아지가 아이들을 태우고 터벅터벅 걸어왔다. 그 아이들은 농부들이 모는 달구지와 수레에 올라탄 다른 아이들을 소리쳐 불렀다. 아이들은 신이 나서 서로를 불러댔다. 너른 들판에 즐거운 노랫소리가 넘쳐흘렀고, 그 소리에 상쾌한 공기가 더욱 상쾌해지는 듯했다.

"이건 과거의 환영일 뿐이다. 저들은 우리를 보지 못하지."

그 명랑한 여행자들이 다가왔다. 스크루지는 한 명 한 명의 얼굴과 이름이 또렷이 떠올랐다. 그 아이들을 보고 왜 그렇게 기뻤을까? 왜 그들이 지나갈 때 차디찬 눈이 촉촉이 젖고 심장이 뛰었을까? 아이들이 갈림길에서 헤어지면서 "메리 크리스마스" 하고 작별 인사를 했을 때 왜 기쁨으로 가슴이 벅차올랐을까? 스크루지에게 '메리 크리스마스'가 대체 무엇이기에? 빌어먹을 메리 크리스마스! 그동안 크리스마스가 그에게 무슨 득이 되었다고!

유령이 말했다.

"학교가 텅 비진 않았군. 친구들에게 따돌림당하는 외톨이 소년이 아직 저기 남아 있어."

스크루지는 그 아이가 누구인지 안다고 말하면서 흐느끼기 시작했다.

스크루지와 유령은 큰길을 벗어나 스크루지의 눈에 익은 샛길로 들어갔고 이내 칙칙한 붉은 벽돌집에 도착했다. 지붕에는 닭 모양의 작은 풍향계가 있고 그 안에는 종이 달려 있었다. 대저택이지만 폐가나 다름없었다. 널따란 방들은 비어 있은 지 오래된 듯했고 눅눅한 벽에는 이끼가 끼어 있었다. 창문들은 깨졌고 대문은 망가지기 직전이었다. 암탉이 꼬꼬댁거리며 우리를 돌아다녔고 마차 차고와 마구간에는 잡초만 무성했다. 집 안 어디에서도 잘나가던 옛 모습을 찾을 수 없었다. 음침한 복도로 들어가 열린 문으로 방들을 들여다보니 넓기만 할 뿐 변변한 세간도 없이 냉기만 돌았다. 흙냄새 물씬 나는 휑뎅그렁한 그 방들은 어쩐지 차린 음식은 없으면서 촛불만 잔뜩 켜놓은 식탁 같았다.

유령과 스크루지가 복도를 가로질러 집 뒤편으로 가니 문이 하나 있었다. 문이 열리자 황량하고 음침한 긴 방이 나타났다. 허름한 소나무 의자들과 책상들 때문에 방은 더욱 쓸쓸해 보였다. 희미한 난롯불 옆에 놓인 책상에서 한 소년이 외롭게 앉아 책을 읽고 있었다. 스크루지는 의자에 걸터앉아 오랫동안 잊고 지낸 예전의 가여운 자신을 보며 흐느꼈다.

집 안에 숨어 있는 메아리, 벽 뒤에서 쥐가 찍찍대며 허둥지둥 달아나는 소리, 우중충한 마당의 반쯤 녹슨 배수관에서 물이 똑똑 떨어지는 소리, 나뭇잎이 모두 떨어져 헐벗은 포플러 가지에서 나는 한숨 소리, 텅 빈 헛간 문이 덜컹대는 소리, 난로에서 바지직 장작 타들어가는 소리, 이 모든 것이 스크루지를 사무치게 했다. 스크루지는 하염없이 눈물을 흘렸다.

유령은 스크루지의 팔을 툭 치며 책을 읽는 꼬마 스크루지를 보라고 했다. 그때 갑자기 허리춤에 도끼를 차고 이국적인 옷을 입은 남자가 창밖에 나타났다. 놀랄 만큼 생생하고 선명한 모습의 그 남자는 장작을 잔뜩 실은 당나귀에 탄 채 고삐를 잡고 있었다.

스크루지가 흥분해서 소리쳤다.

"어! 저건 알리바바예요! 정직한 알리바바 영감! 그래요, 알겠어요. 언젠가 크리스마스에 저 외톨이 아이가 여기 혼자 남았을 때, 처음으로 알리바바가 찾아왔어요. 가엾은 꼬마 같으니! 밸런타인이랑, 숲에서 자란 그의 쌍둥이 형제 오선도 있었어요! 저기 저 사람 이름이 뭐였더라? 다마스쿠스 성문 앞에서 속옷 바람으로 누워 있는 저 사람 말이에요. 저 사람 안 보여요? 지니가 거꾸로 처박은 술탄의 마부도 있어요. 머리가 처박힌 꼴 좀 봐요! 그래도 싸요, 쌤통이네. 제 주제에 감히 공주님과 결혼할 생각을 해?"

스크루지가 웃는 것도 아니고 우는 것도 아닌 이상한 목소리로 책에서나 나올 법한 이야기를 열심히 떠들어대는 것을 본다면, 저렇게 흥분해서 벌겋게 달아오른 얼굴을 본다면, 런던의 거래처 사람들은 놀라 나자빠졌으리라.

스크루지가 소리쳤다.

"저기 앵무새도 있어요! 초록색 몸통에 노란 꼬리, 머리 꼭대기엔 상추처럼 생긴 걸 달고 있죠. 저기 그 사람이에요! 가엾은 로빈 크루소. 로빈슨 크루소가 섬을 일주하고 집으로 돌아왔을 때 앵무새가 이렇게 말했죠. '가엾은 로빈 크루소. 어디 갔었어, 로빈 크루소?' 로빈슨 크루소는 자기가 꿈을 꿨다고 생각했지만 그렇진 않았어요. 앵무새가 그렇게 말했잖아요. 저기 프라이데이가 해안에서 죽어라 달려오는군요! 어이, 이봐! 이것 보라고!"

스크루지는 평소와는 달리 어린 시절의 자신에 대한 동정심에 차서 "아아, 가엾은 꼬마!"라며 다시 울먹였다.

"그때…… 하지만 이미 늦었어요."

스크루지는 소매로 눈물을 닦고는 주머니에 손을 찔러 넣으며 주위를 둘러보았다.

"뭐가 늦었다는 거냐?"

유령이 물었다.

"아무것도 아닙니다. 어제저녁 제 사무실 문 앞에서 크리스마스 캐럴을 부르던 꼬마가 있었는데요, 그 녀석에게 몇 푼이라도 줬으면 좋았을 거라는 생각이 드네요. 그뿐입니다."

유령은 의미심장한 미소를 지으면서 손을 흔들며 말했다.

"이제 다른 크리스마스를 보러 가자!"

말이 끝나자마자 꼬마 스크루지는 부쩍 자라 있었고, 방은 한층 어둡고 지저분해졌다. 벽의 판자는 쭈그러들었고 창문들은 깨졌고 천장은 회칠이 벗겨져 오리목이 드러나 보였다. 스크루지는 이 모든 일이 어찌 된 영문인지 알 수 없었다. 그 모습은 한 치도 틀리지 않고 그때 그대로였다. 친구들이 즐거운 크리스마스를 보내러 집으로 돌아가면 스크루지는 저렇게 혼자 남았다.

소년 스크루지는 이제 책을 읽지 않았고 어쩔 줄 몰라 하며 방 안을 왔다 갔다 하고 있었다. 스크루지는 유령을 바라보고는 애처롭게 고개를 저으며 간절한 눈빛으로 문을 흘끗거렸다.

그때 문이 열리면서 소년보다 어린 여자아이가 달려왔다. 아이는 소년의 목을 끌어안고 "오빠, 오빠" 하면서 볼에 입을 맞췄다.

"오빠를 집에 데려가려고 왔어, 오빠! 오빠를 데려가려고 왔다고. 어서 집에 가자!"

여자아이는 조그만 손으로 손뼉을 치고 허리를 구부리며 깔깔대고 웃었다.

소년 스크루지가 물었다.

"팬, 지금 집이라고 했니?"

여자아이가 기뻐하며 말했다.

“응, 집으로 아주 가는 거야. 아주 가는 거라고. 아빠가 예전보다 덜 무서워지셨어. 이제 집이 천국 같아! 며칠 전에 내가 잠을 자려고 하는데 아빠가 아주 다정하게 말씀하시기에 오빠를 데려오면 안 되냐고 물어봤거든. 근데 아빠가 그래야지, 하시는 거야. 그러곤 오빠를 데려오라고 나를 마차에 태워 보내셨어. 그러니까 이제 오빠도 어른스럽게 굴어야 해!”

여자아이는 눈을 동그랗게 뜨며 말을 이었다.

“이젠 다시 여기 돌아오지 않아도 돼. 하지만 지금 우리가 할 일은, 크리스마스 내내 함께 지내면서 세상에서 가장 신나는 크리스마스를 보내는 거야!”

“아가씨가 다 됐구나, 팬!”

여자아이는 손뼉을 치고 웃으며 소년의 머리카락을 만지려고 했지만 키가 작아서 닿지 않았다. 그러자 다시 깔깔대며 까치발을 하고는 오빠를 부둥켜안았다. 아이는 떼쟁이처럼 스크루지를 문으로 끌어당기기 시작했다. 스크루지는 싫은 기색 없이 동생을 따라갔다.

복도에서 쩌렁쩌렁 고함 소리가 울려 퍼졌다.

“스크루지 군의 짐을 내가게!”

교장이 복도에 나타더니 정중하지만 오만한 눈길로 스크루지를 내려다보며 악수를 청했다. 소년 스크루지는 기겁했다. 교장은 스크루지와 여동생을 지금까지 한 번도 본 적 없는 오래된 우물처럼 으스스한 응접실로 데리고 갔다. 벽에 걸린 지도며 창가에 놓인

천구의며 지구의는 하나같이 창백한 납빛이었다. 교장은 유별나
게 묽은 포도주 한 병과, 덜 부풀어 엄청 딱딱한 케이크 한 조각을
내오며 아이들에게 대단한 진수성찬을 베풀었다. 그리고 깡마른
하인을 시켜 마부에게 포도주 한 잔을 갖다주라고 했다. 하지만
마부는 신사 분의 친절은 고맙지만 이 포도주가 지난번에 맛본 것
과 같은 거라면 차라리 마시지 않겠다고 거절했다. 이윽고 마부가
스크루지의 가방을 마차 지붕 위에 단단히 묶고 나자, 아이들은
교장에게 진심 어린 작별 인사를 하고는 마차에 올랐다. 마차는
신나게 마당을 나섰다. 바퀴가 빠르게 돌며 상록수의 짙푸른 나뭇
잎 사이를 뚫고 지나가자 하얀 서리와 눈이 물보라처럼 흩어졌다.

유령이 말했다.

"불면 날아갈 만큼 아주 연약한 아이였지. 마음은 아주 넓었어."

"그랬죠. 유령님 말씀이 옳습니다. 그렇지 않았다고 하면 천벌
을 받을 거예요."

"결혼한 뒤에 죽었지. 자식이 있는 걸로 아는데."

"조카가 하나 있죠."

"맞아, 자네 조카."

"예."

스크루지는 마음이 편치 않은 듯 짧게 대답했다.

학교를 떠나자마자 유령과 스크루지는 어느새 번잡한 시내 도로
에 서 있었다. 행인들의 환영이 오갔고 마차와 수레의 환영이 앞
다투어 내달렸다. 도시의 떠들썩함과 악다구니가 그대로 펼쳐졌

다. 화려하게 단장한 상점들로 보아 크리스마스 무렵이라는 걸 짐
작할 수 있었다. 저녁 시간이었고 가로등이 거리를 밝히고 있었다.

유령은 큰 가게 앞에 걸음을 멈추더니 스크루지에게 이곳을 아
느냐고 물었다.

"알죠. 제가 일을 배운 곳인데요."

그들은 가게 안으로 들어갔다. 웨일스식 가발을 쓴 점잖은 노인
이 높은 책상 앞에 앉아 있었다. 책상이 얼마나 높은지 노인의 키
가 5센티만 더 컸어도 천장에 머리가 닿을 듯했다. 스크루지가 흥
분해서 소리쳤다.

"페치위그 영감님이에요. 세상에! 페치위그 영감님이 다시 살아
나다니!"

페치위그 영감이 펜을 내려놓고 시계를 올려다봤다. 시계는 7시
를 가리키고 있었다. 그는 손바닥을 비비며 헐렁한 조끼를 여민
뒤 발끝부터 머리끝까지 온몸으로 웃었다. 그리고 인자하고 구성
지며 굵고도 유쾌한 목소리로 외쳤다.

"여보게, 에버니저! 딕!"

청년으로 자란 스크루지가 동료 점원과 부리나케 달려왔다.

스크루지가 유령에게 말했다.

"저 친군 딕 윌킨스예요. 이런, 세상에! 틀림없어요. 늘 붙어 다
니던 친구죠. 오, 가엾은 딕. 오, 저런!"

페치위그 영감이 소리쳤다.

"어이, 자네들. 오늘은 일 그만 하고 퇴근하게. 딕, 오늘은 크리

스마스이브 아닌가. 크리스마스라고, 에버니저! 어서 문을 닫자
고.”

페치위그 영감은 손뼉을 치며 말을 이었다.

“어서 서둘러.”

두 점원은 믿을 수 없을 정도로 잽싸게 문을 닫으러 달려갔다.
하나, 둘, 셋에 덧문을 들어 올리고 밖으로 뛰어나가 넷, 다섯, 여
섯에 덧문을 제자리에 끼우고는 일곱, 여덟, 아홉에 빗장을 지르
고 열쇠로 잠근 다음, 열둘까지 세기 전에 경주마처럼 숨을 헐떡
이며 돌아왔다.

“야호! 여보게들, 여길 깨끗이 치우게. 최대한 넓게 공간을 만들
어! 야호! 딕, 에버니저!”

페치위그 영감은 높은 책상에서 날렵하게 뛰어내렸다.

정말 깨끗이 치워졌다! 페치위그 영감이 지켜보고 있으니 치우
지 못할 것도 치워선 안 될 것도 없었다. 눈 깜짝할 사이였다. 옮
길 수 있는 건 무엇이든 다시는 사용하지 않을 것처럼 한쪽으로
말끔히 치웠다. 마루를 깨끗이 쓸고 닦았으며 전등도 말끔히 손질
했고, 난로 옆에는 땔감을 넉넉히 쌓아두었다. 어느새 가게는 겨
울밤에 누구나 가보고 싶어 하는 아늑하고 따뜻하며 쾌적하고 환
한 무도회장으로 바뀌었다.

악보를 든 악사가 들어와 높다란 책상 쪽으로 가더니, 책상을 오
케스트라 삼아 환자 쉰 명이 배 앓는 것 같은 소리를 내며 바이올
린을 조율했다. 이어서 함박웃음을 머금은 페치위그 부인이 등장

했고 페치위그 영감의 사랑스러운 세 딸도 환하게 웃으며 들어왔다. 뒤를 이어 그 아가씨들 때문에 애태우는 청년 여섯 명도 따라 들어왔다. 그리고 페치위그 집에서 일하는 젊은 남녀들이 들어왔다. 하녀는 빵장수 사촌과 함께였고, 요리사는 오빠의 절친한 친구인 우유 배달부와 나란히 들어섰다. 주인한테 푸대접을 받는다는 길 건너편의 점원 소년도, 주인마님에게 툭하면 귀를 잡아 뜯긴다고 소문난 옆집 하녀 뒤에 숨어 쭈뼛쭈뼛 들어왔다. 한 사람 한 사람씩 모두 도착했다. 어떤 이는 수줍어하며, 어떤 이는 당당하게, 어떤 이는 우아하게, 어떤 이는 쭈뼛거리며, 어떤 이는 떠밀려서, 또 어떤 이는 남의 등을 떠밀며, 그렇게 모두 각양각색의 모습으로 들어왔다. 전부 스무 쌍이었다. 그들은 곧 손에 손을 잡고 이쪽저쪽으로 원을 그리며 돌다가, 가운데로 모여들었다가 다시 밖으로 퍼지며 빙글빙글 돌았다. 여럿이 짝을 지어 할 수 있는 군무로 표현 가능한 멋진 모습은 죄다 연출했다. 선두에 선 남녀 한 쌍이 엉뚱한 데서 꺾어 돌면 다른 커플이 새로운 선두가 되어 춤을 이끌었다. 나중에는 모든 쌍이 선두가 되었고 뒤따르는 쌍은 하나도 없었다.

결국 페치위그 영감은 손뼉을 쳐서 춤을 중단하며 외쳤다.

"좋아요!"

얼굴이 빨갛게 달아오른 악사는 흑맥주 통에 얼굴을 처박았다. 그러라고 특별히 마련된 것이었다. 그러나 이 정도로 끝내면 안 된다는 듯 악사는 다시 무대에 올라 춤추는 사람들이 없는데도 음악을 연주하기 시작했다. 조금 전의 악사는 녹초가 되어 들것에 실려 나가고 지금 막 새 악사가 도착해서 쓰러져 죽을 때까지 해보자고 굳게 결심한 것처럼.

사람들은 춤을 좀 더 추고 나서 벌칙 놀이를 한 뒤 다시 춤을 추었다. 다음으로 케이크가 나왔고 실컷 마시고도 남을 양의 니거스 술, 큼직하고 차가운 로스트비프와 삶아 식힌 고기, 민스파이와 맥주가 나왔다. 하지만 그날 저녁 최고의 순간은 로스트비프와 삶은 고기를 다 먹은 후였다. 악사가(주목하시라, 그는 누가 뭐라지 않아도 눈치 빠르게 그때그때 분위기에 맞는 곡을 능수능란하게 연주하는 사람이다) '로저 드 커벌리(여러 명이 두 줄로 추는 영국의 컨트리댄스—옮긴이)' 춤곡을 연주하기 시작했고, 페치위그 영감이 부인과 춤을 추기 위해 앞으로 나갔다. 노부부는 스물서너 쌍, 그것도 그냥 즐기는 게 아니라 본격적으로 춤추려는, 좀처럼 느긋이 걸을 생각이 없는 젊은이들의 선두가 되어 어려운 곡에 맞춰 춤을 췄다.

파티에 모인 사람들이 그보다 두 배, 아니 네 배 많았다 한들 페치위그 영감은 능히 상대할 수 있었을 것이다. 페치위그 부인도 마찬가지였다. 부인은 어느 모로 봐도 그와 천생연분이었다. 만일 이 말이 적절한 칭찬이 못 된다면 더 나은 찬사를 가르쳐달라. 그러면 기꺼이 그것을 쓰겠다. 페치위그 영감의 종아리는 환하게 빛나는 것 같았다. 춤을 출 때마다 종아리가 달빛처럼 빛났다. 사람들은 그가 언제 어떤 동작을 할지 전혀 예측할 수 없었다. 페치위그 부부는 끝까지 함께 춤을 추었다. 파트너 한 사람은 앞으로 나서고 다른 한 사람은 뒤로 물러서서 각각 다른 파트너와 손을 맞잡고는 남자는 목례를 하고 여자는 무릎을 살짝 굽혀 절한 뒤, 나선형으로 돌기도 하고 맞잡은 손을 들어 옆 커플이 지나가게 하고는 제자리로 돌아왔다. 페치위그 영감은 능숙하게 공중으로 뛰어올라 두 발을 맞부딪친 다음 바닥으로 사뿐히 내려왔다. 전혀 비틀거리지 않았다.

시계가 11시를 가리키자 무도회가 끝났다. 페치위그 부부는 문 옆 한쪽에 서서 사람들과 일일이 악수를 나누며 “메리 크리스마스”라고 인사했다. 두 점원을 빼고 모두 돌아가자 부부는 두 청년에게도 똑같이 인사를 건넸다. 유쾌한 목소리가 모두 사라진 후 두 청년은 가게 뒤 선반 아래 있는 침대로 갔다.

이 장면이 계속되는 동안 스크루지는 넋이 나간 듯했다. 그의 머리와 가슴은 온통 그 시절의 기억으로 가득했고 그때의 자신으로 돌아가 있었다. 그는 그 당시 일을 모두 기억하고 확인했으며, 매 순간을 즐겼고 아주 낯선 흥분을 경험했다. 과거의 자신과 딕의 환한 얼굴이 사라지고 나서야 스크루지는 자신을 바라보는 유령의 머리에서 환한 빛이 뿜어져 나오는 것을 깨달았다.

“사소한 걸로 순진한 사람들을 홀렸군.”

“사소한 거라고요!”

유령은 스크루지에게 두 견습생의 말을 들어보라고 손짓했다. 그들은 페치위그 영감에게 진심으로 고마워했다. 스크루지가 그들의 말에 귀를 기울이는데 유령이 다시 말했다.

"봐! 그렇잖아? 영감은 고작 몇 파운드(옛 화폐제도에서 1파운드는 20실링—옮긴이) 썼을 뿐이야. 기껏해야 3, 4파운드. 그게 그렇게 칭찬받을 만한 일인가?"

그 말에 발끈한 스크루지는 자기도 모르는 사이에 지금의 자신이 아닌 과거의 자신으로 돌아갔다.

"그래서가 아니에요. 그런 게 아니라고요. 페치위그 영감님은 우리를 행복하게도 불행하게도 할 수 있고, 우리 일을 가볍게도 힘들게도 할 수 있어요. 그분의 힘이 말과 표정에 담겨 있다고 해서, 셈하거나 헤아릴 수 없는 사소하고 무의미한 것들이라고 해서 그게 어떻다는 거죠? 그분이 주는 행복은 돈으로는 살 수 없는 귀중한 겁니다."

스크루지는 유령이 쳐다보는 것을 느끼고는 입을 닫았다.

유령이 물었다.

"왜 그러나?"

"별거 아닙니다."

"안 좋아 보이는데?"

"아니에요. 실은 방금 제 직원에게 따뜻한 말 한마디라도 건넬 걸 그랬다는 생각이 들었어요. 그뿐입니다."

그 순간 과거의 스크루지가 등잔불을 껐다. 스크루지와 유령은 다시 허공에 나란히 섰다.

"시간이 자꾸 흘러가는군. 서두르자!"

유령은 스크루지나 그가 볼 수 있는 누군가에게 말한 것이 아니

었다. 그 말의 효력은 즉시 나타났다. 스크루지는 또다시 자신의
모습을 보았다. 나이가 좀 더 들어 인생의 절정을 맞은 남자의 모습
이었다. 얼굴은 세파에 찌들거나 경직되진 않았지만 조금씩 근심과
탐욕의 그늘이 지기 시작했다. 갈망과 탐욕이 깃들어 불안하게 움
직이는 눈동자는 욕망이 마음속 깊이 뿌리내렸으며, 그 욕망의 나
무가 자라서 더욱 넓게 그림자를 드리우리라는 걸 보여주었다.

그는 상복을 입은 젊고 아리따운 여자와 함께 있었다. 여자의 눈
에 고인 눈물이 유령이 내뿜는 빛에 반사되어 반짝였다.

여자가 나직이 말했다.

"아무것도 아니겠죠. 당신에겐 아무것도 아닐 거예요. 이제 당
신에겐 나 아닌 다른 우상이 생겼으니까요. 지금까지 내가 그래왔
듯 앞으로는 그게 당신에게 힘이 돼주고 행복을 가져다준다면 난
슬퍼할 이유가 없어요."

스크루지가 물었다.

"내가 당신 말고 무슨 우상을 섬긴다는 거야?"

"돈이에요."

"이래서 세상이 공평하다는 거로군! 가난만큼 가혹한 일도 없지
만 부를 추구하는 것만큼 가혹하게 비난받는 일도 없으니!"

여자는 부드럽게 말했다.

"당신은 세상을 너무 두려워해요. 속물들의 비웃음이 두려워서
다른 소망은 모두 포기했어요. 난 당신의 고결한 소망이 하나 둘
스러지는 것을 지켜봤어요. 이제 당신 머릿속에는 온통 돈밖에 없

어요. 그렇지 않나요?"

"그게 어때서? 설령 내가 속물이 됐다 해도 그게 무슨 문제지? 당신에 대한 내 마음은 변함없어."

여자는 고개를 가로저었다.

"그럼 내가 변했단 말이오?"

"우리의 약속은 이제 옛일이 되었어요. 우리가 가난하던 시절에 한 약속이죠. 그때는 우리가 참고 열심히 노력하면 잘살게 될 거라고, 좋은 때가 올 거라고 생각했어요."

스크루지는 조바심이 났다.

"철없을 때 일이지!"

"지금의 당신이 과거와 다르다는 건 당신이 더 잘 알 거예요. 난 예전과 똑같아요. 우리 마음이 하나였을 때는 그 약속이 행복이었지만 이제 둘이 된 이상 고통일 뿐이에요. 내가 그 약속 때문에 얼마나 많이 고민하고 가슴 아파했는지 말하진 않겠어요. 지금까지 아파한 걸로 충분해요. 이제 당신을 놓아주겠어요."

"난 놔달라고 한 적 없어!"

"말로는 안 그랬죠, 전혀."

"그럼 왜?"

"달라진 성격, 변해버린 영혼, 낯선 분위기, 무엇보다 완전히 달라진 희망이 그 증거예요. 당신을 향한 내 사랑을 가치 있고 의미 있게 만들어준 모든 것. 만일 이 모든 게 우리 사이에 아예 없다면…… 말해 봐요, 지금의 나를 만나고 결혼하려 할 건가요? 아마,

아닐 거예요."

여자는 온화하면서도 단호한 표정으로 그를 바라보았다.

스크루지는 자신도 모르게 여자의 말이 옳다고 인정하는 듯했지만 애써 변명했다.

"그런 말도 안 되는 생각을 하다니!"

"나도 할 수만 있다면 달리 생각하고 싶어요. 하느님께 맹세코! 하지만 그런 진실을 깨닫고 나자 그 진실이 얼마나 굳건하고 돌이킬 수 없는 건지 알게 되었어요. 만일 우리가 모르는 사이라면, 그래서 오늘이든 내일이든 어제든 당신이 누군가와 만나 결혼을 한다면, 지참금 한 푼 없는 여자를 고를 거라고 믿을 수 있을까요? 모든 걸 자신에게 이익이 되는가만 기준으로 따지는 당신이 그런 여자를 선택할까요? 행여 잘못 판단해서 나를 선택하더라도 바로 후회하고 아쉬워할 거란 걸 내가 모를까요? 난 알아요. 그래서 당신을 놓아주는 거예요. 그래도 과거에는 당신을 진심으로 사랑했으니까요."

여자는 뭔가 말하려는 스크루지를 외면한 채 말을 이었다.

"당신 마음이 아플지도 몰라요. 솔직히 당신이 지난날의 추억을 떠올리며 고통스러워하길 바라는 마음이 아주 없는 건 아니에요. 하지만 곧 그 기억을 떨쳐버릴 거예요. 쓸데없는 꿈에서 깨어나서 다행이라고 생각할 거예요. 당신 자신이 선택한 삶이니 행복하길 빌어요!"

그렇게 두 사람은 헤어졌다.

"유령님! 더는 보고 싶지 않아요. 집으로 데려다주세요. 절 이렇게 고문하는 게 즐거우세요?"

"볼 게 하나 더 있다!"

유령이 소리쳤다.

"싫어요! 그만. 더는 보고 싶지 않다고요!"

유령은 두 팔로 스크루지를 껴안고는 억지로 다음 장면을 보게 했다.

그들은 다른 장소에 와 있었다. 그리 넓거나 호화롭진 않지만 아늑한 방이었다. 아름다운 소녀가 벽난로 옆에 앉아 있었다. 아까 본 여자와 어찌나 닮았는지 같은 사람이 아닐까 싶을 정도였다. 하지만 소녀의 맞은편에 그 여자가 우아한 주부의 모습으로 앉아 있었다. 그 방은 폭풍이라도 치는 듯 소란스러웠다. 착잡한 심정인 스크루지가 도저히 셀 수 없을 만큼 아이들이 많았다. 유명한 시에 나오는 가축 떼처럼 마흔 명이 한 명처럼 움직이는 게 아니라, 한 명 한 명이 제각기 따로 놀았다. 믿을 수 없을 정도로 아수라장이었지만 아무도 신경 쓰지 않는 듯했다. 오히려 모녀는 깔깔대면서 아주 즐거워했다. 잠시 후 딸까지 놀이판에 끼어들더니 어린 악당들에게 무자비하게 약탈당했다. 내가 저 아이들 중 한 명이 될 수 있다면 아까운 게 없으리라! 하지만 나는 저토록 거칠게 굴 순 없다. 절대 못 하고말고! 이 세상 황금을 모두 준다고 해도 결코 저 소녀의 땋은 머리를 짓밟고 헝클어뜨리지 못하리라. 저런! 소녀의 조그맣고 귀중한 신발을 저렇게 잡아당기다니. 저 대

담한 아이들처럼 장난삼아 소녀의 허리에 매달리는 건 생각지도
못할 일. 내 팔을 저 아이의 허리에 둘렀다가는 벌을 받고 다시는
팔을 곧게 펴지 못하게 될지도 모르니까. 하지만 고백하건대 나는
얼마나 소녀의 입술을 만져보고 싶었던가. 괜한 질문을 던져 그
입술이 열리는 모습과, 얼굴을 붉히지 않고 내리깐 속눈썹을 얼마
나 보고 싶던지. 값을 매길 수 없을 정도로 소중한 기념품이 될 저
머리카락을 얼마나 풀어헤치고 싶던지.

그때 문 두드리는 소리가 나더니 아이들이 우르르 문가로 몰려
갔다. 그 바람에 상기된 뺨으로 소란을 피우던 아이들 가운데 있
던 소녀는 웃음을 띤 채 문가로 떼밀렸다. 소녀가 아빠를 맞으려
는 순간 크리스마스 선물과 장난감을 한 아름 든 짐꾼을 앞세우고
아빠가 들어섰다. 아이들은 고함을 질렀고 밀고 당기며 짐꾼에게
총공격을 해댔다! 의자를 사다리처럼 밟고 올라가 짐꾼의 주머니
를 향해 돌진하는가 하면, 갈색 선물 꾸러미를 빼앗고 넥타이를
잡아당기고 목에 매달리고 등을 때리고 다리를 걸어찼다. 선물 꾸
러미를 하나씩 손에 넣을 때마다 기쁨과 놀라움 가득한 탄성이 터
졌다! 아기가 소꿉놀이 프라이팬을 입에 넣었다는 끔찍한 소리가
들리더니, 이내 나무접시에 붙은 가짜 칠면조를 삼켜버렸다는 더
욱 끔찍한 소리가 들려왔다! 하지만 곧바로 사실이 아님이 밝혀졌
을 때 터져 나온 안도의 한숨! 기쁨과 감사와 희열! 그런 것들을 모
두 어떻게 말로 표현할 수 있겠는가. 이윽고 아이들이 하나 둘 거
실을 빠져나가면서 흥분의 열기도 조금씩 거실을 빠져나갔다. 아

이들은 차례차례 층계를 따라 위층 침실로 올라갔고 잠자리에 들었다. 그렇게 잠잠해졌다.

그제야 스크루지는 찬찬히 살펴보았다. 집주인은 다정하게 몸을 기댄 딸과 아내와 함께 난롯가에 앉아 있었다. 스크루지는 저렇게 예쁘고 앞날이 창창한 소녀가 자신을 아빠라고 부를 수도 있었고, 그렇게 되었다면 황량한 겨울 같은 자기 인생에 화창한 봄날이 되어주었을지도 모른다는 생각에 눈앞이 흐려졌다.

"여보, 오늘 낮에 당신 옛 친구를 봤어."

"누구요?"

"맞혀봐!"

"내가 어떻게 알아요?"

그녀는 남편이 웃자 따라 웃으며 말을 이었다.

"스크루지 씨군요."

"그래요. 오늘 그 사람 사무실 옆으로 지나갔는데, 촛불을 켜놓고 창을 열어뒀더라고. 그래서 볼 수 있었지. 동업자가 죽을 날을 앞두고 있다더니 정말 혼자 앉아 있더군. 세상에 혼자 남겨진 사람처럼."

스크루지는 더듬더듬 유령에게 말했다.

"유령님! 제발 여기서 데리고 나가주세요."

"말했듯이 이건 과거의 그림자일 뿐이다. 과거가 그랬으니 그렇게 보이는 것일 뿐 나를 탓하지 마라!"

"제발 데리고 나가주세요. 더는 못 보겠어요!"

　스크루지는 그렇게 외치며 고개를 돌려 유령을 바라보았다. 유령도 스크루지를 바라보았다. 유령의 얼굴에는 지금까지 스크루지가 본 모든 얼굴이 기괴하게 파편처럼 붙어 있었다.

　"날 놔줘! 날 데리고 나가란 말이야! 이제 내 앞에서 사라져버려!"

　이렇게 옥신각신하는 사이에(그것을 싸움이라고 할 수 있다면) 유령은 눈에 보이는 대응을 전혀 하지 않았고 상대가 아무리 기를 쓰며 공격해도 끄떡하지 않았다. 스크루지는 유령이 머리에서 내뿜는 빛이 높이 타오르는 것을 보았다. 순간 유령의 힘이 불 끄는 모자와 관련 있을지도 모른다는 생각이 들었고, 그는 순식간에 그 모자를 낚아채 유령의 머리에 눌러 씌웠다.

　유령은 모자 밑에서 줄어들더니 모자에 완전히 덮여버렸다. 스크루지는 있는 힘껏 모자를 내리눌렀지만 모자 아래에서 흘러나와 땅 위로 쉴 새 없이 번지는 빛을 가릴 수는 없었다.

　완전히 녹초가 된 스크루지는 졸음이 쏟아졌다. 어느새 그는 침실에 와 있었다. 마지막으로 한 번 더 모자를 짓누르자 손에서 힘이 스르르 풀렸다. 그는 침대에 쓰러지자마자 깊은 잠에 빠져들었다.

3
현재의 크리스마스 유령

드르렁드르렁 코를 골다 깬 스크루지는 생각을 정리하려고 침대에 앉았다. 그는 1시를 알리는 종소리는 들리지 않았지만 아슬아슬하게 시간에 맞춰 잠을 깼다는 걸 깨달았다. 이제 곧 제이컵 말리의 특별한 소개로 파견되는 두 번째 사자와 만날 시간이었다. 그러나 이번에 나올 유령은 어느 쪽 커튼을 열고 나타날까 생각하자 등골이 오싹해졌다. 그는 모든 커튼을 단단히 친 다음 다시 침대에 누워 주위를 두리번거렸다. 유령이 나타나는 순간 놀라거나 긴장하고 싶지 않았다.

화통한 신사 양반들은 세상물정에 밝은 척하고 폭넓은 능력을 과시하기 위해 동전 던지기부터 살인에 이르기까지(이 양극 사이에는 많은 것이 폭넓게 포함된다) 모든 모험을 감행한다. 그러나 스크루지는 그렇게 대담하게 모험을 감행하는 사람이 아니니, 그가 온갖 기묘한 존재의 출현을 각오하고 있으며 어린아이부터 코뿔소에 이르기까지 그 어떤 것이 나타나도 놀라지 않을 테니 믿어달라고 말하진 않겠다.

무엇이 나타나든 각오가 되어 있던 스크루지는 아무것도 나타나지 않는 상황에는 전혀 준비가 되어 있지 않았다. 시계 종이 1시를 알렸는데도 아무것도 나타나지 않자 떨리기 시작했다. 5분, 10분, 15분이 지나도 아무것도 보이지 않았다. 그런데 1시가 지난 후부터 내내 붉은 광채가 그의 침대를 비추었다. 한낱 불빛에 지나지 않았지만 스크루지에게는 유령 열 명보다 더욱 불길하게 느껴졌다. 이게 무엇을 의미하는지, 어떻게 대처해야 하는지 막막했다. 이유조차 알지 못한 채 자연발화의 흥미로운 사례의 하나가 되지 않을까 하는 걱정도 문득 들었다. 마침내 스크루지는 생각을 하기 시작했다(사실 직접 곤경에 빠지지 않은 사람은 상황이 어떻게 돌아가고 어떻게 처신해야 할지 잘 알게 마련인지라, 여러분이나 나 같으면 처음부터 그랬을 것이다). 스크루지는 이 기괴한 빛의 비밀과 근원이 맞은편 방에 있을지도 모른다는 생각이 들었다. 자세히 보니 정말 그곳에서 빛이 흘러나오는 것 같았다. 스크루지는 조심스레 침대에서 일어나 슬리퍼를 끌며 맞은편 방으로 다가갔다.

스크루지가 문고리에 손을 대는 순간 이상한 목소리가 그의 이름을 부르며 들어오라고 했다. 스크루지는 시키는 대로 했다.

그 방은 분명 스크루지의 방이었다. 하지만 완전히 뒤바뀌어 있었다. 벽과 천장이 살아 있는 식물들로 뒤덮여 마치 숲에 들어온 듯했다. 줄기마다 싱싱한 열매들이 반짝거렸다. 호랑가시나무, 겨우살이, 담쟁이덩굴의 싱싱한 잎들이 빛을 반사해, 조그만 거울이 곳곳에 흩어져 있는 것 같았다. 스크루지 평생에, 또 말리 생전에 수많은 겨울 동안 화석이 되다시피 한 벽난로에서 강한 불꽃이 굴뚝 위로 치솟았다. 바닥에는 거위, 쇠고기, 닭고기, 돼지고기, 거대한 돼지 뒷다리, 통돼지 구이, 화환처럼 생긴 소시지, 민스파이, 건포도와 설탕을 넣은 과일 푸딩, 굴 한 상자, 빨갛게 익은 군밤, 체리처럼 빨간 사과, 즙 많은 오렌지, 달콤한 배, 엄청 큰 주현절 케이크 따위가 왕좌처럼 높이 쌓였고 펄펄 끓는 펀치에서 뿜어져 나온 달콤한 김이 방 안 가득 서려 있었다. 소파에는 당당해 보이는 거인이 거나하게 취한 모습으로 앉아 있었다. 거인은 풍요의 상징인 뿔 모양 횃불을 높이 쳐들어 문간에서 들여다보는 스크루지를 비췄다.

유령이 소리쳤다.

"들어와라! 나에게 가까이 와!"

스크루지는 머뭇머뭇 안으로 들어가 고개를 숙였다. 예전의 고집 센 스크루지가 아니었다. 유령의 눈은 맑고 인자했지만 스크루지는 눈을 마주치기 싫었다.

유령이 말했다.

"나는 현재의 크리스마스 유령이다. 고개를 들어 나를 봐라."

스크루지는 그 말에 따랐다. 유령은 모피로 가장자리에 단을 댄 초록 망토 같은 것을 걸치고 있었다. 워낙 대충 걸쳐서 넓은 가슴이 그대로 드러났다. 굳이 가릴 필요가 없다는 것처럼. 주름이 잡힌 아랫도리 밑에 드러난 발은 맨발이었고 머리에는 반짝이는 고드름이 드문드문 달린 호랑가시나무 화관 외에는 아무것도 쓰지 않았다. 구불거리는 짙은 밤색의 긴 머리칼은 다정한 얼굴과 반짝이는 눈, 활짝 편 손, 쾌활한 목소리, 거침없는 행동, 호쾌한 분위기만큼이나 자유분방하게 흘러내렸다. 허리에는 녹슨 낡은 칼집을 차고 있었지만 칼은 들어 있지 않았다.

유령이 쾌활하게 말했다

"나 같은 유령 한 번도 본 적 없지!"

"예, 한 번도."

"우리 가족 중에 젊은 축에 속하는 녀석들을 만나본 적도 없느냐? 무슨 말인고 하면, 요 몇 년 사이에 태어난 내 형님들 말이다. 나는 그들보다 젊은 편이지."

"글쎄요, 그런 적 없는데요. 안타깝지만 만난 적 없어요. 형제가 많으신가요?"

"1,800명이 넘지."

스크루지는 중얼거렸다.

"먹여 살리려면 힘들겠구먼."

유령이 자리에서 일어났다.

스크루지는 공손히 말했다.

"유령님, 저를 데려가주십시오. 간밤에는 어쩔 수 없이 따라다녔지만 지금 생각해보니 배운 게 있었습니다. 오늘 밤 제게 뭔가 가르치실 거라면 부디 그걸 얻을 수 있게 해주세요."

"내 옷을 잡게."

스크루지는 유령의 옷자락을 단단히 잡았다.

호랑가시나무, 겨우살이, 빨간 열매, 담쟁이덩굴, 칠면조, 거위, 닭고기, 삶은 돼지고기, 쇠고기, 통돼지 구이, 소시지, 굴, 파이, 푸딩, 과일, 펀치, 그 모두가 순식간에 사라졌다. 붉게 타오르던 횃불도 어둠도 사라지고 스크루지와 유령은 크리스마스 아침 시내 거리에 서 있었다. 살을 에는 추운 날씨였다. 집 앞 거리와 지붕에서 사람들이 얼어붙은 눈을 치우는 소리가 활기 넘치고 듣기 좋은 음악처럼 들렸다. 아이들은 지붕에 쌓인 눈이 길 아래로 떨어질 때마다 일어나는 눈보라를 보며 즐거운 함성을 질렀다. 지붕에 소복하게 내린 하얀 눈과 길바닥에 쌓여 더러워진 눈에 비해, 집 정면은 칙칙하고 창문은 더 검게 보였다. 미처 다 치우지 못하고 남은 길바닥의 눈 위로는 무거운 수레와 마차가 지나며 깊은 바큇자국을 남겼지만, 큰길이 샛길로 갈라지는 지점에 이르러서는 수없이 많은 자국이 얽히고설켜 눈 녹은 물과 누런 진흙이 뒤범벅되는 바람에 흔적조차 사라졌다. 잔뜩 찌푸린 하늘에, 가까운 길들도 물 반 얼음 반인 안개로 자욱해 질식할 것 같았다. 안개의 무거운 알갱이들은 수없이 흩날리는 검댕 가루와 범벅이 되어 아래로 마구 떨어졌다. 마치 영국의 굴뚝이란 굴뚝은 죄다 불을 때서 성이 찰 때까지 재를 뿜어내기로 합의한 듯했다. 날씨나 도시나 그다지 즐거울 건 없었지만, 제아무리 청명한 공기와 눈부신

햇살을 자랑하는 여름도 만들어낼 수 없는 활기찬 분위기가 거리
에 넘쳤다.

　지붕에서 삽으로 눈을 퍼내는 사람들은 즐거움과 기쁨에 넘쳐
있었다. 사람들은 지붕 난간에 기대서서 서로를 소리쳐 부르다가
가끔씩 장난스레 눈 뭉치를 던지고는(구구절절 말로 늘어놓는 익살보
다 얼마나 훌륭한 자연의 익살인가) 맞혔든 빗나갔든 깔깔대며 웃음을
터뜨렸다. 닭과 칠면조를 파는 고깃간은 아직 반쯤 열려 있었고,
과일 가게는 눈부시게 빛났다. 쾌활한 노신사가 걸친 조끼처럼 배
가 불뚝 튀어나온 크고 둥근 밤 바구니들이 문가에 주르르 늘어서
있었는데, 엎어진 바구니에서 쏟아진 밤들이 길바닥을 굴러다녔
다. 알이 굵고 색이 좋은 게 스페인 수도사들처럼 번들거리는 붉
은 스페인양파는, 선반에 놓인 채 엉큼한 눈으로 지나는 아가씨들
에게 윙크하거나 천장에 걸린 거우살이 장식을 점잖게 흘끗거렸
다. 사과와 배는 전성기의 피라미드처럼 높이 쌓여 있고, 탐스러
운 포도송이는 가게 주인의 자비심 덕택에 눈에 잘 띄는 고리에
주렁주렁 매달려 행인들 입에 침이 고이게 했다. 수북이 쌓인 이
끼 낀 갈색 개암의 향기는 지난가을 낙엽이 두껍게 쌓여 발목까지
빠지는 숲 속을 휘청거리며 산책하던 기억을 떠올리게 했다. 빽빽
하게 진열된 노란 오렌지와 레몬 사이로 얼굴을 내민 똥똥하고 거
무스름한 노퍽산(産) 사과는 간절하게 '나를 봉지에 담아 집으로
가져가서 저녁 후식으로 드세요' 라고 애원하는 듯했다. 엄선된 과
일들 틈에 놓인 어항 속의 금색 은색 잉어들은, 둔감하고 굼뜬 종

족의 일원이긴 하지만 특별한 일이 생기리라는 걸 아는 듯 자신들의 작은 세상 속에서 느릿느릿 차분하게 하지만 기분 좋게 입을 뻐끔대며 빙빙 돌았다.

식품점! 그래, 식품점! 덧문 한둘 말고는 닫혀 있었지만 그 틈새로 안이 들여다보였다. 계산대에 놓인 저울은 유쾌한 소리를 내며 묵직하게 내려가고, 노끈과 롤러는 신이 나서 서로 작별을 고하고, 찻잎이며 담배며 커피 따위가 담긴 양철통은 곡예라도 하듯 덜걱덜걱 가게를 휘젓고 다녔으며, 찻잎과 커피 향기가 한데 어우러져 기분 좋게 코를 자극했다. 그 귀한 건포도도 소복이 쌓여 있고, 아몬드는 더할 나위 없이 하얗고 계피는 길고 곧았다. 그 밖의 향신료들도 무척이나 향기로웠다. 설탕을 녹여 입힌 과일은 찐득찐득한 설탕을 듬뿍 묻혀 어찌나 잘 굳혀놓았는지, 아무리 시큰둥한 구경꾼이라도 정신이 아찔해지고 급기야 다리가 후들거릴 정도였다. 무화과는 촉촉하고 부드러웠고, 화려한 상자에 담긴 빨간 프랑스산 자두는 적당히 새콤했다. 그 밖에도 모든 상품이 크리스마스 분위기가 한껏 나게 장식되어 보기만 해도 먹음직스러웠다. 한편 크리스마스를 맞아 기대에 부푼 손님들은 허둥대고 열의에 넘쳐 조바심을 내느라 문가에서 서로 몸을 부딪치거나 버들가지로 엮은 시장바구니를 세게 부딪치기도 했다. 값을 치른 물건을 계산대에 두고 갔다가 허겁지겁 가지러 돌아오면서 번번이 저지르는 그런 실수를 기분 좋게 웃어넘기는 사람들도 있었다. 가게 주인과 점원들이 어찌나 솔직하고 활기찬지, 앞치마 뒤에 달린 반

짝이는 하트 모양 단추가 크리스마스에 성찬 삼아 까마귀들더러
쪼아 먹으라고 내놓았거나 구경꾼들 앞에 볼거리 삼아 내놓은 진
짜 심장 같았다.

　얼마 후 교회 첨탑이 사람들을 불러들이자, 모두 가장 좋은 옷으
로 차려입고 즐거운 얼굴로 거리로 몰려나왔다. 그와 동시에 샛길
과 골목길, 이름 모를 모퉁이에서 수많은 사람이 저녁거리를 든
채 빵집으로 몰려갔다. 이 가난한 사람들의 모습이 유난히 유령의
관심을 끌었는지, 스크루지와 빵집 문가에 서 있던 유령은 저녁거
리를 들고 온 사람들이 지나갈 때마다 횃불 뚜껑을 열고 그 안에
있는 향료를 뿌려주었다. 그 횃불은 특이했다. 사람들이 서로 밀
치는 바람에 언성이 높아진 일이 한두 번 있었는데, 유령이 횃불
로 그들에게 물을 몇 방울 뿌리자 바로 모두 유쾌한 기분이 되었
다. 그들은 이렇게 중얼거렸다.

　"크리스마스에 싸우면 안 되지. 부끄러운 짓이야. 그렇고말고."

　종소리가 그칠 때쯤 빵집들은 문을 닫았다. 빵집 오븐마다 말라
붙은 자국들은 식탁에 차려질 온갖 음식들과 정성이 듬뿍 담긴 조
리 과정을 흐뭇하게 보여주는 듯했다. 화덕에 깔린 자갈은 음식이
익을 때 함께 구워진 듯 김이 피어올랐다.

　스크루지가 물었다.

　"유령님 횃불에서 뿌린 물에 특별한 향료라도 들어 있나요?"

　"그렇다. 나만의 특별한 향료지."

　"오늘 저녁에 먹는 아무 음식에나 다 어울리는 향료예요?"

"정성껏 만든 음식에는 다 어울리지. 특히 가난한 사람들 음식에 가장 어울리지."

"왜 가난한 사람에게 잘 어울리나요?"

"그들에게 가장 필요하니까."

스크루지는 잠깐 생각에 잠겼다.

"우리를 둘러싼 세상의 무수한 존재들 중 왜 하필 유령님이 사람들이 순수한 즐거움을 맛볼 기회를 빼앗으려는지 모르겠습니다."

"내가?"

"유령님은 사람들이 주일에 맛있는 저녁을 먹지 못하게 하지 않습니까? 그날이 유일하게 음식다운 음식을 먹을 수 있는 날인데요. 아닌가요?"

"내가?"

"당신은 주일이 되면 가게들이 문을 닫기를 원하시지 않습니까. 그러니 저들의 순수한 즐거움을 방해하는 거나 다름없죠."

"내가 원했다고!"

유령이 버럭 고함을 질렀다.

"제가 틀렸다면 용서하세요. 주일에 가게를 쉬는 건 유령님 이름으로 행해져왔어요. 유령님이 아니라면 가족 분들 중에 한 분이거나."

"너희 인간들 중에 우리를 잘 안다면서 우리 이름으로 욕망과 자만, 악의와 증오, 질투, 맹신, 이기심을 충족하는 자들이 있다.

하지만 그런 자들은 우리는 물론 우리 친척, 그 친척의 친척을 통틀어도 그런 자들이 이 세상에 살았던가 싶을 정도로 우리와는 전혀 상관없는 사람들이다. 그자들이 한 짓을 욕해야지 애꿎은 우리를 원망해선 안 된다."

스크루지는 그러겠다고 약속했다. 그리고 지금껏 그런 것처럼 사람들 눈에 보이지 않게 시내 근교로 갔다. 유령은 거대한 덩치임에도 어디든 쉽게 몸을 맞춰 들어가는 능력이 있었다(스크루지가 이미 빵집에서 목격한 대로). 게다가 야트막한 지붕 아래서도 천장이 높은 홀에서나 가능할 법한 초자연적인 존재의 위엄 있는 자세로 설 수 있었다.

이런 초능력을 과시하는 게 유령의 취미인지 아니면 가난한 사람들에게 친절하고 따뜻한 동정심을 베푸는 게 천성이라 그런지, 유령은 스크루지를 그의 서기 집으로 데려갔다. 옷자락에 스크루지를 매달고 서기의 집으로 간 유령은 그 집 문간에 서서 미소 지으며 횃불의 물을 뿌려 밥 크래칫의 집을 축복했다. 생각해보라. 밥 혼자서 일주일에 고작해야 15밥(bob은 영국의 옛 화폐단위 '실링'을 이르던 말로, 당시 1실링은 12펜스였다—옮긴이), 그러니까 토요일마다 주머니에 달랑 자기 이름 열다섯 장을 넣는 것이다. 그런 밥의 네 칸짜리 집에 현재의 크리스마스 유령이 축복을 내려주다니!

이때 두 번이나 뒤집어 꿰맨 초라한 실내복을 입은 크래칫 부인이 나타났다. 그 옷에는 6펜스를 주고 산 싸구려치고는 그런대로 쓸 만한 리본이 주렁주렁 달려 있었다. 크래칫 부인은 자기처럼 옷에 리본을 닥치는 대로 붙인 둘째 딸 벌린다 크래칫과 식탁보를 깔았다. 피터 크래칫은 곁에서 엄청 넓은 셔츠 깃(이 셔츠는 원래 밥 크래칫의 것이었는데 크리스마스를 기념하여 밥의 장남이자 상속자인 피터가 물려받았다) 양쪽 끝을 입에 물고서 냄비에 든 감자를 사정없이 찔러대고 있었다. 피터는 이렇게 말쑥하게 차려입은 것이 무척 기뻤고, 상류층 멋쟁이들이 즐겨 찾는 공원에라도 가서 자신의 멋진 리넨 셔츠를 자랑하고 싶은 마음이 굴뚝같았다. 이때 크래칫의 어린 남매가 집으로 뛰어 들어오며 빵가게 밖에서 맡은 거위 구이 냄새가 자기 집에서도 난다는 것을 알고는 좋아서 환호성을 올렸다. 어린 남매는 샐비어와 양파를 먹을 호사스러운 생각에 빠져 식탁 주위를 빙빙 돌며 춤을 추다가, 피터를 보고는 멋있다며 추어올렸다. 피터는(깃이 거의 목을 조이다시피 했지만 우쭐대는 모습은 아니었다) 감자 삶는 물이 부글부글 끌기 시작하자 냄비 뚜껑을 시끄럽게 두드려대며 어서 꺼내 껍질을 벗겨달라고 아우성칠 때까지 화덕 옆에서 후후 바람을 불어댔다.

크래칫 부인이 말했다.

"도대체 귀하신 너희 아빠는 어떻게 된 거람? 꼬맹이 팀도 그렇고. 마사는 작년 크리스마스엔 30분 전에 와 있더니."

"마사 여기 있어요, 엄마."

그 말과 함께 마사가 등장하자, 어린 남매가 소리쳤다.

"마사 언니(누나) 여기 있어요, 엄마. 와! 이거 봐, 언니(누나), 진짜 근사한 거위야."

“아유, 내 귀여운 딸, 왜 이렇게 늦었니?”

크래칫 부인은 딸의 뺨에 수없이 입을 맞추고는 호들갑을 떨며 딸의 모자와 숄을 벗겨주었다.

“어제저녁에 일이 아주 많았어요. 아침에 말끔히 치우고 오느라고요, 엄마.”

“이렇게 왔으니 됐다. 자, 난롯가에 앉아서 몸 좀 녹여. 잘 왔다, 잘 왔어.”

크래칫 남매가 소리쳤다.

“안 돼요, 저기 아빠가 와요. 얼른 숨어, 숨으라고!”

마사가 숨고 나자 왜소한 아빠 밥이 밑에 달린 술 장식을 빼고도 최소 1미터는 되어 보이는 목도리를 내려뜨리고 집 안으로 들어섰다. 낡아서 올이 다 드러나 보이는 겉옷은 크리스마스랍시고 말끔하게 깁고 손질한 모습이었다. 어깨에는 팀을 목말을 태우고 있었다. 가엾은 팀, 아이는 손에 작은 목발을 들고 다리에는 의족을 했다.

“한데, 마사는?”

밥이 두리번거리며 물었다.

“안 왔어요.”

아내의 말에 밥은 목소리가 이내 축 처졌다.

“안 왔어?”

밥은 성탄 예배를 끝내고 팀의 힘 좋은 경주마 노릇을 하며 곧장 집으로 달려온 터였다.

“크리스마스인데 안 오다니.”

마사는 아무리 장난이라 해도 아빠가 실망하는 모습을 차마 볼 수 없었다. 그래서 계획보다 빨리 옷장 뒤에서 나와 아빠 품에 안겼다. 어린 두 남매는 팀을 재촉해 부엌으로 데리고 갔다. 큰 구리 냄비에서 끓는 푸딩의 노랫소리를 듣게 해주려는 것이었다.

부인은 남편이 너무 잘 속는다고 한바탕 놀렸다. 밥이 딸을 한참 포옹하고 난 뒤 크래칫 부인은 남편에게 물었다.

"꼬맹이 팀은 어땠어요?"

"천사같이 착했어. 천사보다 더 착했지. 암만해도 혼자 지내는 시간이 많다 보니 점점 생각이 깊어지나 봐. 가끔 아주 엉뚱한 말을 하질 않나⋯⋯. 집에 돌아오면서 이런 말을 하더라고. 교회에서 사람들이 자기를 보았으면 좋겠다고. 절름발이인 자기를 보면 사람들이 불구의 거지를 걷게 하고 장님을 눈뜨게 한 예수님을 떠올릴 테니 그보다 좋은 일이 어디 있냐고 말이야."

밥의 목소리가 떨렸다. 꼬맹이 팀이 튼튼하고 올바른 사람으로 자랄 거라고 말하면서는 더욱 떨렸다.

조그만 목발이 콩콩거리는 소리가 마룻바닥을 울렸다. 팀이 들어와 형과 누나의 부축을 받아 난롯가에 놓인 자기 의자에 앉았다. 밥은 소맷자락을 걷고(불쌍한 친구, 자기가 더 초라한 꼴이 될 수 있다는 걸 보여주려는 듯했다) 주전자에 진과 레몬을 넣고는 저어 벽난로 시렁에 걸어놓고 김이 날 때까지 끓였다. 거위 구이를 가지러 간 피터와, 아무 데나 발발대며 돌아다니는 크래칫 남매는 곧 거위를 높이 쳐들고서 당당하게 행진을 했다.

거위가 세상에서 가장 진귀한 것이라도 되는 것처럼 온 집 안이 떠들썩했다. 흑고니라도 이 깃털 달린 짐승에 비할 수는 없었다. 이 가족에게 거위는 실로 특별했다. 크래칫 부인은 고기 국물(미리 작은 냄비에 준비해두었다)을 팔팔 끓였다. 피터는 믿기지 않을 만큼 힘껏 감자를 으깼고, 벌린다는 사과소스에 설탕을 듬뿍 넣었다. 마사는 뜨거운 접시를 닦았고 밥은 팀을 자기 옆자리, 식탁 한쪽 의 작은 의자에 앉혔다. 꼬마 크래칫 남매는 자기들 앉을 의자와 다른 식구들 의자도 챙긴 다음 자리에 앉아, 혹시 제 차례가 되기 도 전에 고기를 달라고 소리칠까 봐 숟가락으로 입을 누르고 있었 다. 식탁에 접시가 놓이자 감사의 기도가 이어졌다. 모두가 숨죽 이고 기다리는 사이, 크래칫 부인이 칼을 들고 거위 고기의 가슴 부위를 찌를 준비를 했다. 칼이 꽂히고 그 안에서 고대하던 속이 쏟아져 나오자 기쁨의 탄성이 조그맣게 흘러나왔다. 꼬맹이 팀까 지도 형과 누나를 따라 신이 나서 나이프로 식탁을 두드리며 가냘 픈 목소리로 "우아!" 하고 탄성을 질렀다.

이런 거위 요리는 처음이었다. 밥은 "믿을 수 없을 정도로 맛있 는 거위 요리"라고 했다. 부드러운 살코기, 고소한 향기, 크기에 비해 저렴한 가격. 여기에 사과소스와 으깬 감자까지 곁들이니 가 족들에겐 더없이 흡족한 만찬이었다. 크래칫 부인이(접시에 놓인 뼛 조각을 내려다보면서) 온 식구가 먹었는데도 거위 한 마리를 다 못 먹 느냐고 기쁘게 말했을 정도였다. 하지만 모두 배불리 먹었고 특히 꼬마 남매는 세이지와 양파에 눈썹까지 처박고 열심히 먹어댔다.

벌린다가 접시를 새로 바꾸자 크래칫 부인은 푸딩을 가져오려고 슬며시 자리에서 일어섰다. 누가 볼까 초조해하며.

푸딩이 제대로 익지 않았으면 어떡하나? 꺼내다 부서지면 어쩌지? 모두 거위 요리에 빠져 있을 때 뒷담을 넘어와 훔쳐 갔다면? 그럼 아이들이 기겁을 할 텐데……. 별별 생각이 다 들었다.

와! 모락모락 피어오르는 엄청난 김! 부인은 구리 냄비에서 푸딩을 꺼냈다. 마치 빨래할 때 나는 것 같은 냄새가 풍겼다. 그렇다, 빨래 냄새였다. 부엌과 맞붙어 있는 빵가게 옆집의 세탁부한테서 나는 냄새! 그게 바로 푸딩 냄새였다. 30초도 안 되어 크래칫 부인은 상기된 얼굴로 자랑스레 웃으며 푸딩을 들고 들어왔다. 대포알처럼 탱탱하고 알록달록한 푸딩 둘레에 브랜디를 조금 부어 불을 붙였고, 윗부분은 호랑가시나무로 장식했다.

"와! 근사한데!"

밥 크래칫은 이렇게 감탄한 뒤 결혼 이후 아내가 만든 푸딩 중 최고라고 차분하게 말했다. 부인은 이제야 마음이 놓인다고 말하며 밀가루 양을 잘못 맞춘 것 같아 마음 졸였다고 털어놓았다. 저마다 푸딩에 대해 한마디씩 칭찬을 했다. 대식구가 먹기엔 턱없이 부족하다고 생각하는 사람은 아무도 없었다. 그랬다간 이단자로 여겨졌으리라. 크래칫 가족은 누구든 그런 말을 넌지시 비추는 것만으로도 스스로 부끄러워 얼굴을 붉혔을 것이다.

만찬이 끝나자 식구들은 식탁을 정리한 뒤 벽난로의 재를 쓸어 내고는 불길을 돋우었다. 탁자 위에는 주전자에 담긴 맛좋은 술,

사과와 오렌지를 올려놓았고 난로에는 밤을 한 삽 가득 넣었다. 식구들은 난롯가에, 밥 크래칫의 말에 따르면 둥글게, 하지만 사실 반원 모양으로 둘러앉았다. 밥 크래칫 팔꿈치 옆에는 유리컵이란 유리컵은 다 나와 있었다. 큰 컵 두 개와 손잡이 없는 커스터드 컵 하나가 다였지만 말이다.

하지만 이 컵들은 주전자에서 따른 뜨거운 술을 황금 술잔 부럽지 않게 담아냈다. 밥은 활짝 웃으며 술을 따랐다. 난로에서 구워지는 밤이 탁탁 터지는 소리를 냈다. 밥이 술잔을 올리며 외쳤다.

"우리 모두 메리 크리스마스! 은총이 가득하길!"

가족 모두 그 말을 따라 외쳤다.

꼬맹이 팀이 마지막으로 외쳤다.

"우리 모두에게 은총이 가득하길!"

작은 의자에 앉은 팀은 아빠 옆에 바싹 붙어 있었다. 밥은 팀이 너무나 사랑스러워 곁에 붙잡아두고 싶은 듯, 누구에게 빼앗길까 두려운 듯, 아이의 작은 손을 꼭 쥐고 있었다.

"유령님, 꼬맹이 팀이 죽진 않겠죠?"

스크루지가 어쩐 일로 관심을 보였다.

"빈 의자 하나가 보이는구나. 초라한 벽난로 옆 구석에 말이야. 주인 잃은 목발이 그 옆에 소중히 놓여 있구나. 미래가 이 환영을 바꾸지 않는다면 저 아이는 죽는다."

"안 돼요, 안 됩니다. 자비로운 유령님, 제발 저 아이가 살 수 있다고 말씀해주세요."

"미래가 이 환영을 바꾸지 않는다면 앞으로 저 아이는 이승에서 볼 수 없다. 그런데 그게 어떻다는 거냐? 죽은 거나 다름없는데 차라리 죽는 게 낫지. 쓸데없이 남아도는 인구도 줄고."

스크루지는 자기가 한 말을 유령이 그대로 옮기자 한없이 후회스럽고 슬펐다.

"네가 목석이 아니라 감정이 있는 인간이라면 남아도는 인간이 누구며 어디 있는지 보기 전에는 그런 사악한 말은 삼가라. 네가 사람들의 삶과 죽음을 결정하겠다는 거냐? 하느님 눈에는 저 아이처럼 가난한 아이들 수백만 명보다 네가 더 쓸데없고 살 가치가 없어 보이실 것이다. 벌레만도 못한 놈, 가난한 사람들을 두고 쓸데없이 남아돈다고 하다니!"

스크루지는 유령의 질책에 시선을 내리깔고 고개를 숙였다. 하지만 어디선가 자기 이름을 부르는 소리를 듣고는 얼른 고개를 들었다.

밥이 외쳤다.

"스크루지 영감님을 위해! 이렇게 멋진 만찬을 베풀어주신 스크루지 영감님을 위해 건배!"

크래칫 부인은 얼굴을 붉히며 소리쳤다.

"멋진 만찬을 베풀어줬다고요? 그 양반이 여기 있었으면 좋겠네요. 욕이나 실컷 대접하게. 그 영감 입맛에 딱 맞았으면 좋겠네."

"여보, 애들이 들어. 오늘은 크리스마스야."

"그래요, 크리스마스죠. 그러니까 그 밉살스럽고 인색하고 모질고 무정한 영감을 위해 축배를 드는 거잖아요. 로버트(Bob은 Robert의 애칭—옮긴이), 당신도 그 영감 알잖아요. 누구보다 잘 알잖아요. 불쌍한 양반.”

“여보, 크리스마스잖아.”

밥이 부드럽게 말했다.

“알았어요. 당신을 위해서, 크리스마스를 위해서 그 영감을 축복해요. 그 영감이 좋아서가 아니에요. 자, 그럼 스크루지 영감님의 건강을 위해! 메리 크리스마스, 새해 복 많이 받으세요. 뭐 어련히 알아서 잘 먹고 잘 살겠지만!”

크래칫 부인을 따라 아이들도 스크루지 영감을 위해 건배했다. 오늘 만찬에서 마지못해 한 일은 이 축배가 처음이었다. 꼬맹이 팀도 마지막으로 건배했지만 아무 의미도 없이 건성으로 한 것이었다. 스크루지는 크래칫 가족에게 두렵고도 싫은 존재였다. 그의 이름을 입에 올리는 것만으로도 파티 분위기에 어두운 그림자가 드리웠고, 그 그림자가 사라지기까지는 꼬박 5분이 걸렸다.

그림자가 걷히자 가족들은 고약한 스크루지 영감에 대한 의무는 다했다는 안도감에 전보다 열 배는 더 즐거워졌다. 밥 크래칫은 가족들에게 피터를 위해 눈여겨본 일자리가 있는데 잘만 하면 일주일에 5실링 6펜스는 충분히 벌 수 있을 거라고 말했다. 어린 크래칫 남매는 오빠가 가게에서 일하는 모습을 그려보며 깔깔거렸다. 피터는 그 많은 돈을 받으면 어떻게 써야 할지 궁리하는 듯 셔츠 깃 사이로 난로를 골똘히 바라보았다. 그러자 모자 공장에서 수습공으로 일하는 마사가 자기가 하는 일의 종류며 한 번에 몇 시간이나 쉬지 않고 일하는지를 들려주고는, 내일은 집에서 휴일을 보낼 수 있으니 아침 늦게까지 실컷 자고 푹 쉬고 싶다고 말했다. 또 며칠 전에 백작 부인과 영주가 공장에 왔는데 영주는 키가 피터만 하더라고 말했다. 그 말을 들은 피터가 칼라를 어찌나 높이 치켜세웠는지, 여러분이 그 자리에 있었으면 피터의 머리를 볼 수 없었을 것이다. 그러는 동안 군밤과 주전자가 식구들 사이를 몇 바퀴 돌았고 이윽고 꼬맹이 팀은 눈밭에서 길을 잃은 소년에 관한 노래를 불렀다. 가녀린 목소리였지만 정말 잘 불렀다.

결코 특별할 것 없는 가족이었다. 그들은 잘생긴 사람들도 아니고 옷을 잘 차려입은 것도 아니었다. 신발은 하나같이 방수가 되지 않았고 옷들도 허름하기 짝이 없었다. 피터는 전당포 내부라면 제집만큼이나 훤히 알고 있었다. 그러나 그들은 행복했고 감사했고 서로에게 만족했으며 함께하는 시간을 즐거워했다. 그들의 모습은 점점 흐릿해졌지만 유령의 횃불이 뿌려준 빛 방울 속에서 더욱 행복해 보였다. 스크루지는 그들 중에서도 특히 꼬맹이 팀에게서 끝까지 눈길을 거두지 못했다.

어느새 날이 어두워지고 함박눈이 펑펑 내렸다. 스크루지가 유령과 함께 거리를 지나면서 본 부엌이며 거실, 많은 방에서 새어 나오는 불빛은 정말 환상적이었다. 집 안에서 너울거리는 불꽃이 따뜻한 저녁식사가 준비되고 있음을 말해주었다. 난로 앞에서는 접시가 따뜻하게 골고루 데워지고, 추위와 어둠을 막아주는 짙은 빨간색 커튼이 언제나 드리워져 있으리라. 어떤 집에서는 아이들이 결혼한 누이나 형, 사촌, 삼촌과 숙모를 가장 먼저 맞겠다고 눈 오는 거리로 앞 다투어 달려 나왔다. 어떤 집에서는 가리개로 가린 창문가에 도란도란 모여 앉은 손님들 그림자가 어른거렸고, 저쪽 집에선 하나같이 모자를 쓰고 털신을 신은 예쁘장한 아가씨들이 모여서 재잘대다가 이웃집으로 우르르 몰려갔다. 그 집 총각은 얼굴이 빨갛게 달아오른 아가씨들이 몰려오는 것을 보고(엉큼한 아가씨들, 총각이 어떻게 나올지 뻔히 알고 있었다) 어쩔 줄 몰라 했다.

정겨운 모임에 참석하기 위해 바쁘게 걸음을 재촉하는 사람들의 숫자만 보면, 사람들이 집에 도착해도 그들을 맞아줄 사람이 하나도 없을 것처럼 보였다. 하지만 집집마다 난롯가에 장작을 굴뚝 절반 높이까지 쌓아놓고 저마다 친구를 기다리고 있었다. 유령이 그런 집들에 축복을 내려주면서 얼마나 기뻐했는지! 가슴을 한껏 드러낸 유령은 넓적한 손바닥을 쫙 편 채 손 닿는 것마다 빛나고 선한 축복을 아낌없이 내려주며 둥둥 떠다녔다. 그날 저녁 어디선가 멋진 시간을 보내려는지 한껏 차려입은 점등원은 어두운 거리 가로등에 불을 밝히며 달려가다가 유령 앞을 지나며 큰 소리로 웃었다. 그 점등원은 그날이 크리스마스란 사실만 알 뿐 자기 옆에 동행인이 있을 줄은 상상도 못 했으리라.

유령은 말없이 스크루지를 어디론가 데려갔고, 둘은 이제 황량하고 인적 드문 황야에 서 있었다. 그곳에 널린 투박한 바윗덩어리들은 마치 거인의 무덤 같았다. 그리고 물은 얼음에 갇히지만 않았다면 고랑을 따라 어디든 가고 싶은 대로 흐를 기세였다. 그 외에 그곳에는 이끼와 가시금작화, 제멋대로 자라는 무성한 잡초 말고는 아무것도 없었다. 불타는 듯 붉은 기운을 발산하며 서쪽으로 기울어지던 해는 잠깐 성난 눈으로 황야를 노려보다 눈살을 찌푸리며 아래, 더 아래, 더 아래를 바라보며 컴컴한 밤의 짙은 어둠 속으로 사라져버렸다.

"여기가 어딘가요?"

"대지의 창자에서 일하는 광부들이 사는 곳이다. 하지만 그들은 나를 알고 있다. 저길 봐라."

어느 오두막 창문에서 빛이 새어 나왔다. 유령과 스크루지는 순식간에 그리로 갔다. 진흙과 돌을 이겨 만든 벽을 통과하자 불길이 활활 타오르는 난롯가에 둘러앉아 유쾌하게 웃고 떠드는 사람들이 보였다. 호호백발인 늙은 부부와 자녀들, 손자손녀들, 증손자와 증손녀들까지 모두 크리스마스에 어울리는 화려한 옷차림이었다. 노인은 불모지에 부는 매서운 바람 소리보다 결코 높지 않은 음성으로 자손들에게 크리스마스 노래를 불러주었고(자신이 어렸을 때 부르던 아주 오래된 노래였다) 이따금 가족 모두가 합창했다. 아이들 목청이 높아지면 노인도 큰 소리로 힘차게 불렀고 아이들이 노래를 멈추면 노인의 목소리도 잦아들었다.

유령은 여기에 오래 머물지 않고 스크루지에게 자신의 옷을 꼭 붙잡으라고 하고는 황무지 위를 날아갔다. 어디로 가는 걸까? 설마 바다로 가는 건 아니겠지? 아니, 바다로 날아갔다. 스크루지가 놀라서 뒤를 돌아보니 육지 끝에 흉측한 바위 절벽이 보였다. 파도가 천둥처럼 으르렁거리며 포효하거나 자신이 파놓은 무시무시한 동굴 속에서 울부짖으며 맹렬한 기세로 육지를 집어삼키려 할 때마다 스크루지는 귀가 먹먹해졌다.

해안에서 5킬로미터 정도 떨어진 암초 위에 등대 하나가 외롭게 서 있었다. 1년 내내 거친 파도에 부딪치고 쓸리느라 푹 꺼진 음침한 암초였다. 등대 아래쪽에는 엄청난 양의 해초가 들러붙어 있고, 해초가 파도에 밀려오듯 바람에 실려온 갈매기들은 자기들이 스치듯 날아다니는 파도만큼이나 등대를 자주 오르내렸다.

이곳에서도 등대를 지키는 두 사내는 불을 피웠고, 그 불빛 한 줄기가 두꺼운 돌벽에 뚫린 작은 창문을 지나 사나운 바다 위로 흘러나왔다. 두 사내는 자신들이 앉아 있는 거친 탁자 위로 굳은 살 박인 손을 서로 맞잡은 채 럼주가 담긴 양철 컵을 옆에 두고 서로 크리스마스를 축하했다. 그 옆에선 낡은 뱃머리 장식물처럼 온갖 풍상을 겪어 흉터투성이 얼굴을 한 노인이 강풍과도 같은 힘찬 뱃노래를 부르고 있었다.

유령은 다시 요동치는 검푸른 바다 위를 빠르게 날아(유령은 날고 날았다) 스크루지에게 말한 대로 해안에서 말리 떨어진 어떤 배 위로 내려갔다. 그들은 타륜을 잡은 키잡이와 뱃머리에서 망을 보는 망꾼, 갑판에 서 있는 선원들 옆으로 다가갔다. 뱃사람들은 각자의 위치에서 시커먼 유령처럼 서 있었지만, 저마다 캐럴을 흥얼거리거나 크리스마스에 대해 생각하거나 집으로 돌아가고픈 향수를 실어 옆에 있는 동료에게 크리스마스에 대한 추억을 나지막이 들려주었다. 깨어 있건 잠을 자건, 착하건 고약하건 갑판 위 사람들은 하나같이 어느 날보다도 더욱 다정한 말을 주고받으며 축제 분위기를 즐겼다. 그들은 멀리 떨어져 있는 가족의 안부가 궁금했으며, 가족들도 자신을 떠올리며 기뻐하리라는 것을 알고 있었다.

스크루지는 바람의 울음을 들으며 죽음만큼 심오한 비밀을 간직한 미지의 심연 위 적막한 어둠을 뚫고 날아가는 광경이 얼마나 장엄한가를 생각하는 것만으로도 놀라움을 금치 못했다. 그뿐만 아니라 그러는 사이 호탕한 웃음소리가 들려온 것도 대단히 놀라운 일이었다. 하지만 더욱 놀라운 것은 그 목소리의 주인공이 자기 조카이며, 스크루지 자신이 밝고 아늑하고 눈부시게 빛나는 방 안에서 유령과 나란히 서서 조카를 바라보며 흡족하고 따뜻한 미소를 짓고 있다는 사실이었다.

스크루지의 조카가 웃었다.

"하하! 하하하!"

그럴 가능성은 거의 없겠지만 여러분이 스크루지의 조카보다 더 유쾌하게 웃는 사람을 안다면 나도 그 사람이 누군지 알고 싶다. 부디 나에게 소개해달라. 나도 그 사람과 잘 알고 지내고 싶으니.

질병과 슬픔도 그렇지만 세상에 웃음과 즐거운 기분만큼 전염이 잘 되는 것도 없으리라. 이 얼마나 공정하고 공평하며 숭고한 만물의 섭리인가! 스크루지의 조카가 옆구리를 움켜쥐고 머리를 흔들며 얼굴까지 요상하게 일그러뜨리면서 웃자 스크루지의 조카며느리도 남편만큼이나 배꼽이 빠지게 웃었다. 그뿐 아니라 그 자리에 모인 친구들도 뒤질세라 큰 소리로 요란하게 웃어댔다.

"하하하하하하!"

스크루지의 조카가 말했다.

"글쎄, 크리스마스가 쓸데없는 거라고 하시잖아. 그렇게 믿으시더라고!"

"정말 부끄러운 일이에요, 프레드."

조카며느리가 분개하는 투로 말했다. 저런 여자들에게 축복이 있기를! 무엇이든 대충 넘어가는 법이 없는 여자들이다. 뭐든 최선을 다하지.

조카며느리는 예뻤다. 특출한 미모였다. 움푹 팬 보조개에 깜짝 놀란 토끼 같은 표정의 뛰어난 미인이었다. 입 맞추고 싶도록(웃는 순간 턱 주위의 작은 점들이 모여 또 다른 점처럼 보일 때면 정말 그랬다) 도톰하고 작은 입술, 어떤 이의 얼굴에서도 찾아보기 힘들 정도로 눈부시게 빛나는 눈동자. 한마디로 도발적인 매력이 넘치면서 더 바랄 게 없는 미인이었다. 정말 완벽한!

스크루지의 조카가 말했다.

"정말 재밌는 양반이야. 사실 그다지 상냥한 분은 아니지. 하지만 당신의 괴팍한 성격 때문에 스스로 벌을 받고 계시니 내가 굳이 나쁘게 얘기할 건 없지."

조카며느리가 넌지시 말했다.

"그분은 아주 부자죠, 프레드. 적어도 당신이 나한테 늘 얘기하기로는 말이에요."

"그러면 뭐 하겠어? 삼촌의 돈은 삼촌 당신에게 아무 쓸모도 없는걸. 그 돈으로 좋은 일을 하는 것도 아니고, 편안하게 즐길 줄도 모르시니. 꿈에서라도 돈으로 우릴 도와주는 생각은 안 하셨을걸, 하하하!"

"난 그런 분이라면 참을 수 없어요."

조카며느리의 말에 그녀의 여동생들과 다른 여자들도 같은 생각이라며 거들었다.

스크루지의 조카가 말했다.

"난 참을 수 있어! 난 삼촌이 안됐어. 아무리 미워하려고 해도 화가 나지 않아. 그분의 고약한 성미 때문에 고통받는 사람이 누구겠어? 언제나 그분 자신이지. 우리를 미워해야 한다는 생각을 머릿속에 단단히 집어넣으시곤 오늘 저녁 식사 때도 오지 않겠다고 하시더군. 그래서 결국 어떻게 됐지? 뭐, 대단한 저녁 식사를 놓치신 건 아니지만."

"아니, 난 그분이 아주 훌륭한 식사를 놓쳤다고 생각해요."

조카며느리가 끼어들자 다른 사람들도 맞장구쳤다. 그들은 충분히 그런 판단을 할 자격이 있었다. 방금 저녁 식사를 마치고 모두 난롯가에 둘러앉아 등불을 밝힌 채 한가로이 탁자에 놓인 후식을 먹는 중이었기 때문이다.

"그렇게 말해주니 다행인데. 사실 난 우리 젊은 여성 분들 솜씨를 그다지 믿을 수가 없었거든. 토퍼, 자네는 어떻게 생각해?"

토퍼는 조카며느리의 여동생 한 명에게 눈독을 들이는 게 분명했다. 토퍼는 총각들은 그런 문제를 두고 왈가왈부할 권리가 없는 딱한 사람들이라고 대답했다. 그러자 장미꽃을 단 처제 말고 레이스 장식을 가슴에 단 통통한 처제가 얼굴을 붉혔다.

조카며느리가 손뼉을 치며 말했다.

"프레드, 하던 얘기나 계속해봐요. 이이는 얘기를 제대로 끝내는 법이 없다니까요. 정말 엉뚱한 데가 있는 사람이에요."

스크루지의 조카가 한바탕 웃음을 터뜨렸고 이어서 다른 사람들도 옳은 듯 따라 웃었다. 통통한 처제는 웃지 않으려고 향초까지 써봤지만 결국 한 사람도 빠짐없이 배꼽을 잡고 웃었다.

"내 말은 단지 이거야. 삼촌이 우리를 미워하고 우리와 즐겁게 보내지 않으면 즐거운 순간을 놓치게 된다는 것이지. 물론 그런다고 삼촌이 손해를 보는 건 아니지만 말이야. 어쨌든 곰팡내 나는 낡은 사무실이나 먼지투성이 집에서 당신만의 생각에 빠져 있는 것보다는 훨씬 즐겁게 보낼 수 있는 시간을 놓치고 계신 건 분명해. 나는 매년 삼촌이 좋아하든 싫어하든 기회를 드렸어. 그런 삼촌이 가엾기 때문이지. 아마 돌아가실 때까지 크리스마스를 싫어하시겠지만, 내가 매년 찾아가서 공손하게 안부 인사를 하면—무턱대고 해보는 거지—나중에는 크리스마스를 좋게 생각하시게 될 거야. 이렇게 해서 나중에 삼촌이 사무실에서 일하는 가난한 서기에게 유산으로 50파운드쯤이라도 남겨주신다면 그걸로 대단히 의미 있는 일이 아니겠어. 사실 어제만 해도 내가 삼촌 마음을 조금 움직인 것 같아.”

조카가 스크루지의 마음을 움직였다는 말에 사람들이 웃음을 터뜨렸다. 하지만 너그러운 성격의 조카는 사람들이 왜 웃는지 별로 신경 쓰지 않았고, 어쨌든 웃었다는 사실에 고무되어 더욱 즐거운 분위기를 만들기 위해 열심히 술병을 돌렸다.

차를 마시고 나서 사람들은 노래를 불렀다. 워낙 노래 부르기 좋아하는 가족이라 무슨 노래를 불러야 하는지, 언제 무반주 합창곡이나 돌림노래를 불러야 하는지 잘 알았다. 특히 토퍼는 가수처럼 저음을 멋지게 소화하면서도 이마에 핏줄이 서거나 얼굴이 빨개지지는 않았다. 스크루지의 조카며느리는 하프를 훌륭하게 연주했다. 연주곡 중에는 아주 간단한 소품(2분만 연습하면 휘파람으로 흥얼거릴 수 있을 정도로 별것 아닌 곡이었다)도 섞여 있었는데, 과거의 크리스마스 유령이 보여준 그 기숙학교로 오빠 스크루지를 데리러 온 어린 여동생이 자주 부르던 노래였다. 그 선율이 흘러나오자 스크루지는 유령이 보여준 장면들이 한꺼번에 떠오르면서 자꾸만 마음이 흔들렸다. 문득 몇 년 전부터라도 이 곡을 종종 들었더라면 제이컵 말리를 매장한 교회지기의 삽에 의지하지 않고도 자신의 힘으로 행복한 삶을 가꿀 수 있었을 텐데 하는 생각이 들었다.

사람들이 저녁 내내 노래만 부른 것은 아니었다. 잠시 후 그들은 나이를 잊고 놀이에 빠져들었다. 이따금 동심의 세계로 들어가는 것은 좋은 일이며 그러기에 그리스마스보다 더 좋은 때는 없다. 어차피 크리스마스가 생긴 것도 아기 덕분이 아닌가. 잠깐! 동심

으로 돌아가게 하는 놀이 중에 첫손을 꼽으라면 장님놀이라 할 수
있다. 그렇고말고. 나는 토퍼가 정말로 눈을 가렸다고는 믿지 않
는다. 차라리 그의 부츠에 눈이 달렸다고 믿겠다. 그러니까 내 말
은, 토퍼와 스크루지의 조카 사이에 뭔가 모의가 있었으며 현재의
크리스마스 유령도 그 사실을 안다는 뜻이다. 토퍼가 레이스 장식
을 단 통통한 처제를 뒤쫓는 모습을 보자니, 인간의 본성이란 전
혀 믿을 게 못 된다는 생각이 들었다. 토퍼는 난로 부지깽이를 넘
어뜨리고 의자에 걸려 넘어지고 피아노에 부딪치고 커튼에 감기
면서도 그녀가 가는 곳은 어디든 따라갔다. 통통한 처제가 있는
곳이라면 기가 막히게 잘 알았다. 다른 사람은 잡지 않았다. 여러
분이 일부러 그에게 다가가 몸을 부딪쳐도 그는 여러분을 잡으려
고 애쓰는 척하면서, 그 속을 뻔히 들여다보는 여러분을 모욕하고
는 즉시 몸을 돌려 통통한 처제가 있는 쪽으로 슬금슬금 다가갈
것이다. 그녀는 종종 공평하지 않다고 항의했는데, 아닌 게 아니
라 정말로 공평하지 않았다. 하지만 마침내 토퍼가 그 아가씨를
잡았을 때 한 행동이란 밉살맞기 짝이 없었다. 아가씨는 비단 옷
자락을 사각거리며 재빨리 그 옆을 피해 갔지만 토퍼는 그녀를 빠
져나갈 수 없는 구석으로 몰아넣었다. 그런 다음 상대방이 누구인
지 모르는 척 머리 장식을 더듬어보고, 그것으로도 모자라 더 확
실히 알아낸다며 손가락에 낀 반지를 만지작거리고, 목에 건 목걸
이를 더듬었다. 엉큼한 짐승 같으니! 다른 사람이 술래가 되고 두
사람이 우연히 커튼 뒤에 함께 숨었을 때, 그녀가 토퍼의 행동을

두고 한마디했으리라는 건 의심할 여지가 없었다.

스크루지의 조카며느리는 장님놀이에 끼지 않고 아늑한 구석에 놓인 커다란 의자에 앉아 발판에 다리를 올려놓은 채 편히 쉬고 있었다. 유령과 스크루지는 그녀의 등 뒤로 바짝 다가서 있었다. 하지만 그녀 역시 이내 나이를 잊고 온갖 알파벳 글자에 열광하며 놀이에 빠져들었다. 그뿐만 아니라 '어떻게, 언제, 어디서' 놀이에서도 단연 두각을 나타내어 남편이 내심 흐뭇해할 정도로 여동생들 코를 납작하게 해주었다. 토퍼의 말대로라면 그 아가씨들 역시 머리라면 남에게 뒤지지 않았는데도 말이다. 그 자리에는 남녀노소 할 것 없이 스무 명 남짓 모여 있었는데, 한 사람도 빠짐없이 놀이에 참여했고 나중에는 스크루지까지 끼어들었다. 스크루지는 원래 관심 있던 일은 어떻게 돌아가는지 까맣게 잊고, 자기 목소리가 사람들 귀에 들리지 않는데도 큰 소리로 짐작한 답을 말했고 종종 맞히기도 했다. 부러지지 않기로 유명한 저 화이트채플 바늘 중에서 가장 날카로운 바늘도 스크루지보다 더 날카롭지 못했고, 그가 한 추측보다 더 예리하지 못했다.

유령은 놀이에 열중하는 스크루지를 보는 게 여간 흐뭇하지 않았다. 그래서 어린아이처럼 손님들이 다 떠날 때까지 있게 해달라고 조르는 스크루지를 인자하게 내려다보았다. 하지만 유령은 더는 그럴 수 없다고 말했다.

스크루지가 애원했다.

"새로운 놀이예요. 30분이면 충분해요, 이번 한 번만."

　그것은 '네, 아니요' 놀이였다. 조카가 무언가를 머릿속에 떠올리면 나머지 사람들이 그게 무엇인지 알아맞히는 놀이였다. 사람들이 질문하면 그는 '네' 또는 '아니요' 라고만 대답할 수 있었다. 속사포처럼 질문이 쏟아졌다. 조카가 생각하는 것은 동물, 그중에서도 살아 있는 동물인데 혐오스럽고 야만스러우며 으르렁거리고 꿀꿀댄다. 이따금 말도 하고 런던에 살며 거리를 걸어 다니지만 구경거리는 아니고, 누군가에게 끌려 다니거나 동물원에 살지도 않으며, 장터에서 도살돼 팔리는 일은 없다. 말도 아니고 나귀도 암소도 황소도, 호랑이, 개, 돼지도 아니고 고양이나 곰도 아니라는 사실까지 밝혀졌다. 새로운 질문을 받을 때마다 조카는 번번이 웃음보를 터뜨렸다. 뭐가 그리 재밌는지 소파에서 일어나 발을 동동 구르기도 했다. 나중에는 통통한 처제도 비슷한 지경이 되더니 웃으면서 소리쳤다.

　"알았어요! 뭔지 알았어요, 형부."

　"뭔데?"

　"형부의 삼촌, 스크루우지 영감님!"

　정답이었다. 사람들의 공통된 반응은 감탄 그 자체였다. 비록 몇 명은 '곰(bear에는 '난폭한 사람' 이라는 뜻도 있다—옮긴이)인가요?' 라고 물었을 때 프레드가 '네' 라고 대답해야 했다고 항의했지만 말이다. 그들은 벌써부터 스크루지를 정답으로 생각하고 그런 질문을 한 것인데 프레드가 아니라고 대답하는 바람에 다른 쪽으로 생각했다는 것이다.

크리스
마스
캐럴

프레드가 말했다.

"정말이지 삼촌 덕분에 즐거운 시간을 보낸 것 같아. 그러니 그분의 건강을 위해 건배를 하지 않는 건 말도 안 되지. 마침 우리 손에 데운 포도주 잔도 있고 하니 건배합시다. 스크루지 삼촌을 위해 건배!"

모두가 외쳤다.

"스크루지 영감님을 위해 건배!"

"스크루지 삼촌이 어떤 분이시든 즐거운 크리스마스와 복된 새해를 맞으시길. 삼촌은 나한테서 이런 인사는 받지 않으려 하시겠지만 그래도 스크루지 삼촌에게 축복이 가득하길!"

스크루지는 겉으로 드러내지는 않았지만 날아갈 듯 기뻤다. 유령이 시간을 준다면 자신을 보지 못하는 사람들에게 축배는 들지 못하더라도 감사의 말 한마디는 하고 싶었다. 하지만 조카의 입에서 마지막 말이 끝나기 무섭게 이 장면은 사라지고 그와 유령은 다시 여행길에 올랐다.

그들은 많은 것을 보고 멀리 여행했으며 수많은 집을 방문했지만 언제나 결말은 행복했다. 유령이 곁에 서 있으면 병상에 누운 환자는 명랑한 기분을 되찾았고 타향에서 지내는 사람들은 고향에 와 있는 듯 포근함을 느꼈다. 고난을 겪는 사람은 더욱 큰 희망을 품고 고통을 이겨냈으며 가난한 사람들은 마음이 부자가 되었다. 빈민 수용소와 병원, 감옥 같은 고통의 피난처에서는 부질없고 하찮은 권위를 과시하는 인간들이 문을 꽁꽁 닫아걸거나 유령을 내쫓지도 않았다. 유령은 그곳을 떠나면서 축복을 내려주었고 스크루지에게는 교훈을 주었다.

이 모든 게 하룻밤 사이에 일어난 일이니 참으로 긴 밤이었다. 스크루지는 정말 하룻밤이었다는 걸 믿을 수 없었다. 크리스마스 내내 일어난 일들이 유령과 함께 보낸 한정된 시간 안에 전부 응축되어 있었기 때문이다. 그리고 이상하게도 스크루지는 그대로인데 유령은 눈에 띄게 늙어갔다. 스크루지는 진작 이런 변화를 눈치 챘지만 가만히 있다가, 아이들 주현절 파티장을 떠나 공터에 서 있을 때 유령의 머리가 반백이 다 된 것을 보고 물었다.

"유령님의 수명이 그렇게 짧나요?"

"이승에서의 내 수명은 아주 짧지. 오늘 밤에 끝나니까."

"오늘 밤요?"

"그렇다. 오늘 밤 자정까지다. 이제 시간이 얼마 남지 않았다."

그때 11시 45분을 알리는 종소리가 울렸다.

스크루지는 유령의 옷자락을 뚫어지게 바라보며 물었다.

"실례되는 질문이라면 용서하세요. 제 눈엔 이상하게 보여서요. 유령님 옷자락 밖으로 보이는 게 발이 아닌 것 같아요. 그게 발인 가요, 아니면 발톱인가요?"

유령은 슬픈 목소리로 답했다.

"발톱이겠지. 살이 안 붙은 걸로 봐선. 이걸 봐라."

유령은 옷자락 아래에서 아이 둘을 끄집어냈다. 비참하고 남루하고 놀랍도록 소름 끼치는 처참한 몰골이었다. 아이들은 유령의 발치에서 무릎을 꿇고 옷자락에 매달렸다.

유령이 소리쳤다.

"여길 보아라! 여기, 이 아래를 보라고!"

남자아이 하나와 여자아이 하나였다. 얼굴은 누렇게 뜨고 비쩍 마른 데다 누더기를 걸쳤고, 노려보는 눈길이 늑대처럼 섬뜩했다. 하지만 적개심 속에서 비굴함도 엿보였다. 저 아이들의 얼굴에 흘러넘쳐야 할 어린아이다운 순진함과 생기는 어디로 갔을까? 싱싱한 기운이 어루만져야 할 그곳을, 세월의 풍상을 겪은 더럽고 쭈글쭈글한 손이 꼬집고 비틀고 갈기갈기 찢어놓은 것만 같았다. 천사들이 차지해야 할 그곳에 악마들이 숨어들어서 으름장을 놓으며 노려보고 있었다. 신비하고 위대한 창조의 과정 중에 아무리 인간성을 변화시키고 타락시키고 왜곡하는 일이 있다 해도, 이토록 끔찍하고 흉악하며 괴물이나 다름없는 인간을 만들어낼 수는 없으리라.

스크루지는 섬뜩해서 뒷걸음쳤다. 유령이 이렇게 아이들을 보여줬으니 어떻게든 귀여운 아이들이라고 칭찬하려 했지만, 그런 엄청난 거짓말을 하느니 차라리 말이 목에 걸려 나오지 못하는 편이 나을 것 같았다.

"유령님의 아이들인가요?"

스크루지는 더는 말을 잇지 못했다.

유령이 아이들을 내려다보며 말했다.

"인간의 아이들이지. 내게 매달려 제 아비에게서 구해달라고 애원하고 있다. 남자아이 이름은 '무지'이고 여자아이 이름은 '궁핍'이다. 이 두 아이를 경계해라. 이 두 아이와 비슷한 것들을 경계해라. 그러나 무엇보다 이 남자아이를 경계해야 한다. 내 눈에는 이 아이의 이마에 '파멸'이라고 적힌 글자가 보인다. 그 글자가 지워지지 않는 한 이 아이를 경계해야 한다. 물리쳐야 한다!"

유령은 도시를 향해 손을 뻗으며 계속 소리쳤다.

"인간들아, 너희에게 무지를 물리치라고 말해주는 사람을 비난할 테면 비난해라! 너희의 당파적인 목적을 위해 무지를 용인한다면 무지는 더욱 심해질 뿐! 그리하여 종말의 날이 찾아올 것이다!"

"아이들을 맡기거나 돌봐줄 만한 곳이 없나요?"

스크루지가 묻자, 유령은 그 말을 고스란히 되돌려주었다.

"감옥이 없느냐고? 아니면 빈민 수용소가 없느냐고?"

12시를 알리는 종소리가 울렸다.

스크루지는 두리번거리며 유령을 찾았지만 유령은 보이지 않았다. 마지막 종소리의 떨림이 멎는 순간 스크루지는 말리의 유령이 말한 예언을 떠올렸다. 고개를 들자 흘러내리는 긴 옷에 두건을 쓰고 땅에 스멀스멀 퍼지는 안개처럼 자신에게 다가오는 엄숙한 유령이 보였다.

4
미래의 크리스마스 유령

유령은 천천히 장엄하게 소리 없이 다가왔다. 스크루지는 무릎을 꿇었다. 이번 유령은 대기를 뚫고 오면서 음산함과 신비함을 내뿜는 것 같았다.

유령은 머리며 얼굴, 몸뚱이 할 것 없이 시커먼 옷으로 감싸고 있어서 밖으로 뻗은 손 하나 말고는 아무것도 보이지 않았다. 손마저 보이지 않는다면 어두운 밤과 유령의 모습을, 그리고 유령과 유령을 둘러싼 어둠을 분간할 수 없었을 것이다.

스크루지는 유령이 가까이 다가오자 큰 키와 당당한 체격에 압도되었고, 그 신비한 존재에게 엄숙한 두려움마저 느꼈다. 하지만 유령이 말하지도 움직이지도 않았기 때문에 그 이상은 알 수가 없었다.

"저는 지금 미래의 크리스마스 유령님 앞에 서 있는 거군요."

유령이 아무 말 없이 손으로 앞을 가리키자 스크루지는 말을 이었다.

"유령님은 제게 아직 일어나지 않았지만 앞으로 일어날 일을 보여주시려는 겁니다. 그렇죠?"

그 순간 유령이 고개를 끄덕인 듯 옷 윗부분에 주름이 살짝 잡혔다. 그것이 스크루지가 얻어낸 유일한 대답이었다.

스크루지는 유령과 동행하는 일에 익숙했지만 유령이 침묵을 지키니 두렵고 다리까지 후들거렸다. 그래서 유령을 따라나서려는데 제대로 서 있기도 힘들었다. 그 모습을 본 유령은 걸음을 멈추고 그가 몸을 추스르게 기다려주었다.

스크루지는 그런 유령이 점점 더 무서워졌다. 시커먼 장막 뒤에서 유령의 눈이 자신을 노려보리라 생각하니 괜히 두렵고 소름이 끼쳤다. 그래서 최대한 고개를 빼고 살펴보았지만 유령의 손과 거대하고 시커먼 형체 외에는 아무것도 보이지 않았다.

스크루지가 소리쳤다.

"미래의 유령님! 유령님은 지금까지 본 어떤 유령보다도 두렵습니다. 하지만 저를 이롭게 하기 위해 오셨다는 것을 알고, 저 역시 과거의 제가 아닌 다른 사람으로 살고 싶은 만큼 기꺼이 유령님과 동행할 준비가 되어 있습니다. 진심입니다. 그러니 제게 아무 말이나 한마디만 해주십시오."

유령은 대꾸하지 않았다. 그저 손으로 앞을 가리킬 뿐이었다.

"그럼 저를 인도해주십시오. 어서 인도해주세요, 밤은 금방 지나갑니다. 제게는 귀한 시간이니, 저를 인도해주십시오.”

유령은 스크루지에게 다가올 때처럼 말없이 움직였다. 유령의 옷이 드리운 그림자 속으로 들어가자 그림자가 스크루지를 번쩍 들어 올려 어디론가 데려가는 것 같았다.

도시 안으로 들어갔다기보다는 도시가 스크루지와 유령 주변에서 솟아올라 일거에 그 둘을 팔로 감싼 듯했다. 그들은 엄연히 도시 한복판의 상인들로 북적거리는 왕립거래소에 있었다. 상인들은 주머니에 든 동전을 짤랑거리며 이리저리 분주히 다니기도 했고 삼삼오오 짝을 지어 이야기를 나누면서 손목시계를 들여다보기도 했고 진지하게 생각에 잠긴 채 금색 인장을 만지작거리기도 했다. 여기까지는 스크루지가 늘 봐온 모습이었다.

유령은 몇 명밖에 모여 있지 않은 상인들 곁에서 걸음을 멈추었다. 스크루지는 유령의 손이 가리키는 곳으로 가서 상인들 이야기에 귀를 기울였다.

턱살이 출렁이는 엄청 뚱뚱한 사내가 말했다.

“아니, 나도 그건 잘 몰라. 죽었다는 얘기만 들었어.”

그러자 다른 상인이 말했다.

“언제 죽었는데?”

“어젯밤이라는군.”

또 다른 남자가 커다란 쌈지에서 담배를 한 주먹 꺼내며 물었다.

“어쩌다 죽었대? 평생 안 죽을 것 같더니만.”

“사람 일은 하늘만 알지.”

뚱뚱한 사내가 하품을 하며 대꾸했다.

그러자 코끝에 달린 혹이 칠면조 수컷의 턱살처럼 늘어져 흔들리는 혈색 좋은 신사가 물었다.

"그 많은 돈은 다 어떻게 했답디까?"

뚱뚱한 남자는 다시 하품을 하며 대답했다.

"그 얘긴 못 들었소. 자기가 소속된 조합에 남겼겠죠, 뭐. 아무튼 나한텐 한 푼도 안 남겼습니다. 그건 확실하오."

이 농담에 모두 한바탕 웃었다.

뚱뚱한 사내가 말을 이었다.

"장례식은 아주 조촐하겠구먼. 내가 아는 사람들 중에 가겠다는 사람은 하나도 없으니 말이야. 우리라도 조문단을 꾸려서 가야 하는 거 아닌가?"

코끝에 혹이 난 신사가 대꾸했다.

"점심을 준다면야 못 갈 것도 없죠. 먹을 걸 준다면 갈 겁니다."

또 한바탕 웃음이 터졌다.

뚱뚱한 사내가 말했다.

"그러고 보니 내가 장례식에 가장 관심이 없는 사람 같군. 난 검은 장갑도 끼지 않을 거고 점심도 얻어먹지 않을 거야. 누구 다른 사람이 가겠다면 따라갈 생각은 있어. 생각해보면 그래도 내가 가장 가깝게 지낸 사람이 아닌가 싶네. 길을 가다 만나면 걸음을 멈추고 안부라도 물었으니까. 그럼, 잘들 가시게!"

말하던 사람이나 듣던 사람들이나 뿔뿔이 흩어져 다른 무리 속에 섞였다. 스크루지는 그들과 알고 지내는 사이인 터라 어찌 된 영문인지 알고 싶어 유령을 쳐다보았다.

유령은 거리를 미끄러져 갔다. 이윽고 어느 두 사람이 만나는 장면을 손가락으로 가리켰다. 스크루지는 여기서 설명을 들을 수 있을까 싶어 귀를 기울였다.

이 사람들도 스크루지가 아주 잘 아는 사람들이었다. 매우 부유하고 영향력도 막강한 사업가들이었다. 스크루지는 그들한테서 좋은 평판을 받는 것을 중요하게 여겼다. 물론 사업 측면에서, 어디까지나 사업 측면에서.

"잘 지내셨어요?"

한 사람이 먼저 묻자 다른 사람이 대답했다.

"네, 사장님도 잘 지내시죠?"

"간밤에 스크래치 영감(Old Scratch. '악마'라는 뜻―옮긴이)이 죽었다는군요."

"저도 들었어요. 날씨가 꽤 춥죠?"

"크리스마스에 딱이죠. 스케이트를 안 타시나 보군요. 그렇죠?"

"네, 안 탑니다. 전 다른 볼일이 있어서 그만 실례하겠습니다. 그럼, 안녕히 가세요."

다른 말은 없었다. 그들만의 만남이고 그들만의 대화고 그들만의 작별이었다.

처음에 스크루지는 유령이 사소해 보이는 대화를 중요하게 여기는 것을 보고 내심 놀랐다. 하지만 거기에 숨은 의도가 있으리라는 확신이 들자 도대체 무엇일지 곰곰이 생각해보았다. 그 대화가 죽은 옛 동업자 제이컵과 관련 있을 가능성은 적었다. 그의 죽음은 과거의 유령이 말할 일이고 지금의 유령은 미래의 일에 관여하기 때문이다. 그렇다고 당장 자신과 관련된 사람들 중에 대화 내용에 들어맞는 사람은 떠오르지 않았다. 다만 그들이 누구 얘기를 하건 스크루지 자신이 개과천선할 수 있게 교훈을 주려는 게 분명했으므로 스크루지는 들은 말 한마디 한마디, 본 장면 하나하나를 단단히 기억하고, 특히 자신의 환영이 나타나면 잘 관찰해야겠다고 결심했다. 미래에 자신이 할 행동이 지금 미처 알아채지 못하는 단서를 제공해줄 테고, 그러면 이런 수수께끼도 풀리지 않을까 기대하면서.

스크루지는 그 자리에서 자신의 환영을 찾아내려고 두리번거렸지만 평소 자신이 곧잘 서 있던 구석 자리에는 다른 남자가 있었다. 그뿐만 아니라 시계가 평소 그가 그곳에 들르던 시간을 가리켰지만 현관으로 쏟아져 들어가는 사람들 가운데 자기처럼 생긴 사람은 어디에도 없었다. 그러나 스크루지는 별로 놀라지 않았다. 줄곧 새로운 사람으로 다시 태어나겠다고 맹세해온 터라 지금 이 장면에서는 그런 다짐이 실행으로 옮겨진 모습을 보게 되는 게 아닌가 싶었고, 또 그러기를 바랐기 때문이다.

스크루지 곁에서 유령은 손을 앞으로 뻗은 채 말없이 어둠 속에 서 있었다. 생각에 잠겨 있다 정신을 차린 스크루지는 유령의 손의 방향이 달라진 것을 눈치 챘다. 그리고 자신이 선 위치에서 보아 유령의 날카로운 눈이 자신을 응시하고 있으리라 상상했다. 그러자 온몸이 떨리고 등줄기가 오싹해졌다.

그들은 번잡한 장면을 뒤로하고 시내의 으슥한 곳으로 갔다. 그곳의 위치도 그곳을 둘러싼 악명도 익히 들어 알지만 한 번도 가 본 적 없는 곳이었다. 좁은 길은 더러웠고 상점과 주택은 허름했으며, 사람들은 헐벗고 술에 절어 있지 않으면 남루하고 흉측한 모습이었다. 샛길과 굴다리는 시궁창이나 다름없었고 거기에서 나오는 더럽고 냄새나는 하수는 구불구불한 거리로 흘렀다. 게다가 가는 곳마다 범죄와 매춘과 빈곤의 악취가 진동했다.

이 악명 높은 소굴 깊숙한 곳에 가게가 하나 있었다. 그 가게는 낮은 지붕에 처마를 내어 달개를 지었고 출입구는 야트막하고 툭 튀어나와 있었다. 쇠붙이며 넝마, 빈병, 뼈다귀, 비곗덩어리 따위를 사고파는 가게였다. 안으로 들어가자 녹슨 자물쇠며 못, 사슬, 경첩, 철판, 저울, 추 따위의 온갖 고철이 바닥에 산더미처럼 쌓여 있었다. 볼품없는 넝마 더미와 썩은 비곗덩어리, 뼈 무더기 사이로는 별로 캐묻고 싶지 않은 비밀들이 숨어 자라나고 있었다. 낡은 벽돌로 만든 석탄 난로 옆 고물 더미 한가운데에는 일흔쯤 돼 보이는 머리가 희끗희끗한 건달 노인이 앉아 있었다. 그는 차가운 공기가 들어오지 못하게 곰팡내 나는 잡다한 넝마 조각을 이어 만든 천막 안에 들어앉아 조용히 파이프 담배를 피우고 있었다.

스크루지와 유령이 그쪽으로 다가서는 사이에 묵직한 꾸러미를 든 여자 하나도 가게 안으로 살금살금 들어섰다. 그러나 미처 그 여자가 다 들어서기도 전에 다른 여자가 비슷한 꾸러미를 들고 가게로 들어섰고, 그 여자 바로 뒤로 바랜 검정 옷을 입은 사내가 따라 들어왔다. 그들은 눈이 마주치자 깜짝 놀라는 것 같았다. 파이프를 문 영감까지 합세해서 잠깐 동안 모두 질겁한 표정으로 멍하니 서 있더니 잠시 후 왁자하니 웃음을 터뜨렸다.

처음으로 들어선 여자가 소리쳤다.

"청소부가 가장 먼저예요! 세탁부가 두 번째고 장의사가 세 번째네. 한번 봐요, 조 영감, 얼마나 기막힌 우연인지. 꼭 무슨 꿍꿍이가 있어서 셋이 이렇게 만난 것 같네."

조 영감은 입에서 파이프를 뺐다.

"그럴 거면 여기보다 나은 데가 없지. 응접실로 들어오쇼. 오래전부터 마음 놓고 드나들던 곳이잖소. 여기 둘도 서로 모르는 처지는 아닐 테고. 잠깐 가게 문 달을 때까지만 기다려요. 이런! 망할 놈의 문짝! 이놈의 돌쩌귀만큼 녹슨 쇠붙이는 이 가게를 샅샅이 뒤져도 없을 거야. 내 뼈다귀만큼 오래 묵은 뼈다귀도 없고, 히히히! 우린 이게 천직이야. 궁합이 착착 맞지. 자, 들어오쇼. 응접실로 들어오라고."

응접실이란 넝마 천막 뒤쪽 공간이었다. 영감은 낡은 지팡이로 난로의 재를 긁어내고 파이프 손잡이로 그을린 램프 심지를 다시 세우고는(밤이어서 불을 밝혀야 했으므로) 그 파이프를 다시 입에 물었다.

영감이 이러는 사이에 조금 전에 입을 연 여자는 꾸러미를 마룻바닥에 내동댕이치고는 거만하게 의자에 앉았다. 그러고는 팔꿈

치를 무릎 위에 올려 턱을 괴고서 다른 사람들을 노려보며 입을
열었다.

"그래서 그게 뭐가 어떻다는 거야? 무슨 상관이야, 딜버? 자기
먹을 건 자기가 챙겨야지. 그 작자도 항상 그랬잖아."

그러자 세탁부가 말했다.

"그건 맞아. 그 영감보다 더 지독한 사람도 없지."

"그래, 그렇다면 우리 중에 누가 제일 약삭빠른지 머리 굴리면
서 노려보고 서 있지 말라고, 이 여편네야. 우리가 지금 서로 약점
잡으려는 건 아니잖아, 안 그래?"

딜버 부인과 사내가 동시에 대답했다.

"아니지, 그럴 리가 있나."

처음의 여자가 다시 말했다.

"그 고약한 구두쇠가 죽고 나서도 자기 물건이 고스란히 제자리
에 있기를 바랐다면 생전에 좀 더 잘했어야지, 안 그래? 그랬다면
죽을 때 누구라도 와서 돌봐줬겠지. 그렇게 혼자 죽게 내버려두진
않았을 거 아냐."

"지금까지 들은 말 중에 가장 맞는 말이네. 그 영감 천벌 받은
거야."

딜버 부인이 대꾸하자 여자가 거들었다.

"난 좀 더 무거운 벌을 받길 바랐지. 그랬어야 했는데. 그랬으면
내가 다른 걸 훔쳤을 테고 그럼 당신들도 다른 걸 골랐을 거 아냐.
조 영감, 저 꾸러미 좀 끌러서 얼마나 값이 나가는지 알려줘요. 속

일 생각일랑 말고. 내 걸 먼저 거래해도 겁나지 않고 저 사람들이
봐도 상관없어요. 어차피 여기 오기 전에 서로 어떤 짓을 했는지
다 아는데 뭘. 죄랄 것도 없지. 어서 끌러봐요."

여자의 동료들은 친절하게도 그러게 내버려두지 않았다. 색 바
랜 검정 옷을 입은 사내가 매도 먼저 맞는 게 낫다는 듯 전리품을
들이밀었다. 그렇게 비싼 물건들은 아니었다. 도장 한두 개, 필통
하나, 소매 단추 한 쌍, 별로 비싸 보이지 않는 브로치 한 개, 그게
전부였다. 조 영감은 그것들을 따로따로 살펴보고 값을 매긴 다음
자신이 정한 값을 벽에다 분필로 적었고, 더 나올 물건이 없자 그
값을 모두 더했다.

조 영감이 말했다.

"이건 당신 물건 값이야. 끓는 물에 나를 처박는다 해도 6펜스
이상 줄 수는 없어. 그다음?"

다음 차례는 딜버 부인이었다. 침대보와 수건 몇 장, 옷 한 벌,
구식 은제 찻숟가락 두 개, 설탕 집게 한 개, 신발 몇 켤레. 조 영감
은 딜버 부인의 물건 값도 벽에 적었다.

조 영감이 말했다.

"숙녀 분들에겐 언제나 더 많이 쳐주지. 그게 내 약점이야. 그래
서 늘 손해를 본다니까. 이건 당신 물건 값이야. 몇 푼 더 달라고
하거나 의심하면 후하게 쳐준 걸 후회하고 반 크라운을 깎아버릴
테니 그런 줄 알아."

"그럼 이제 내 걸 풀어보쇼."

여자가 말하자 조 영감은 꾸러미를 풀기 편하게 무릎을 꿇고 앉았다. 여러 번 꽁꽁 묶은 매듭을 풀자 묵직하고 거무튀튀한 뭉치가 나왔다.

조 영감이 물었다.

"이게 뭐야? 침대 커튼이잖아?"

여자는 웃으면서 팔짱 낀 채 몸을 숙였다.

"맞아요! 침대 커튼."

"설마 그 영감이 누워 있는 자리에서 커튼도 모자라 커튼 고리까지 몽땅?"

"맞아요. 왜요, 그러면 안 돼요?"

"부자가 될 팔자구먼. 반드시 그럴 거야."

"손만 뻗으면 뭐든 가질 수 있는데 그따위 영감탱이 때문에 마다할 내가 아니죠, 암. 담요에 기름 떨어지겠수."

"그 영감이 덮던 담요?"

"당연하죠. 아닌 말로 그깟 담요 없다고 그 영감, 춥기나 하겠어?"

조 영감이 잠깐 멈추고 올려다보며 말했다.

"전염병으로 죽은 건 아니겠지! 그렇지?"

"그런 걱정은 붙들어 매요. 원래 그 영감이랑 어울리는 것도 싫어하지만 혹시 그 영감이 그렇게 죽었다면 내가 고작 이따위 걸 가져오려고 그 옆에 얼씬했겠어, 참 나! 눈 크게 뜨고 그 셔츠 좀 잘 봐요. 구멍 하나, 실밥 터진 데 하나 없을 테니. 그 영감이 입던

옷 중에 가장 좋은 거라우. 아주 비싼 거예요. 내가 가져오지 않았더라도 벌써 없어졌을 거야.”

“없어지다니, 무슨 말이야?”

“그 영감이 그 옷을 입고 땅속으로 들어갔을 거란 말이우. 어떤 멍청이가 그 옷을 입혀놨기에 벗겨 왔지. 시체 싸는 데 옥양목이면 충분하지 좋은 게 뭔 필요가 있겠수. 죽은 사람한텐 옥양목이 딱이야. 그런다고 죽은 사람이 더 추해 보일 것도 아니고.”

스크루지는 이 말을 듣고 소름이 끼쳤다. 조 영감의 희미한 등잔불에 의지해 자신들의 전리품 앞에 모여 앉은 사람들 모습을 보며 스크루지는 치미는 분노와 역겨움을 간신히 눌렀다. 시체를 흥정하는 악마들이라 해도 이보다 혐오스럽진 않으리라.

“히히히!”

조 영감이 주머니에서 지갑을 꺼내 세 사람에게 줄 돈을 바닥에서 세는 동안 여자가 웃기 시작했다.

“이게 그 영감탱이의 최후야. 생전에 누구 하나 곁에 얼씬 못 하게 하더니 죽어선 이렇게 돈을 벌게 해주네! 히히히!”

스크루지는 몸을 부들부들 떨며 말했다.

“유령님, 알겠습니다. 알겠어요. 이 불쌍한 사내가 겪는 일을 제가 겪으리란 걸. 제가 저렇게 된다는 거군요. 자비로우신 하느님, 도대체 이게 무슨 일인가요?”

스크루지는 놀라서 뒤로 움찔했다. 장면이 바뀌어 하마터면 침대에 부딪칠 뻔했다. 커튼도 없고 이불도 없는 침대에 무언가 놓여 있고 그 위에 낡은 홑이불 한 장만 달랑 덮여 있었다. 그것은 소리는 내지 않았지만 무시무시한 언어로 자신의 실체를 알리고 있었다.

방은 아주 어두웠다. 스크루지는 방이 어떻게 생겼는지 알고 싶은 은밀한 충동에 주위를 힐끗거렸지만 너무 어두워 제대로 볼 수 없었다. 밖에서 들어온 희미한 빛 한 줄기가 곧장 침대로 떨어지고 있었다. 침대 위에는 모든 것을 약탈당하고 빼앗긴 채 지켜주는 이도, 울어주는 이도, 돌봐주는 이도 하나 없는 남자의 시신이 놓여 있었다.

스크루지는 유령을 힐끗 쳐다보았다. 유령의 손은 꼿꼿이 시신의 머리 쪽을 가리켰다. 홑이불이 아무렇게나 덮여 있어서 스크루지가 손가락으로 까딱해서 살짝 들어 올리기만 해도 얼굴이 드러날 것 같았다. 쉬워 보이는 데다가 그러고 싶은 마음도 있어 살짝 들어볼까 했지만 유령을 쫓아낼 힘이 없는 것만큼이나 이불을 당길 힘이 없었다.

아, 차디차고 냉혹하고 두려운 죽음이여, 여기에 너의 제단을 차려 네가 수하처럼 부리는 공포로 장식하라. 그러나 사랑과 존경과 숭배를 받던 이의 머리카락 한 올도 너의 무시무시한 의도에 따라 바뀌어선 안 되며, 그의 어떤 모습도 추하게 만들어선 안 된다. 그의 손이 그 무게를 이기지 못해 떨어지거나, 심장과 맥박이 멈추는 일은 없을 테니. 그의 손은 너그럽고 관대하고 진실했으며, 심장은 용감하고 따뜻하고 부드러웠고 맥박은 인간의 것이었다. 쳐라, 환영이여, 쳐라! 그리하여 그 상처에서 선행이 샘솟아 세상에 영생의 씨앗을 뿌리게 하라!

아무도 스크루지의 귀에 대고 이런 말을 속삭이진 않았지만 침대를 내려다보는 순간 그런 환청이 들리는 것 같았다. 스크루지는 생각했다. 이 남자가 지금 일어날 수 있다면 가장 먼저 어떤 생각을 할까? 탐욕을 부리고 야박하게 흥정을 벌이고 근심에 휩싸일까? 이 부유한 남자가 이런 종말을 맞은 게 바로 그 때문이 아니던가!

시체는 어둡고 텅 빈 집 안에 누워 있었다. 이런저런 일로 친절하게 대해주어 고맙다거나, 친절한 말 한마디의 기억으로 보내주어야겠다고 말하는 남자나 여자, 어린아이 하나 없었다. 문을 긁어대는 고양이 소리와 난로 바닥에서 찍찍거리는 쥐 소리만 들렸다. 대체 죽음의 방에서 저놈들은 무엇을 원하며 왜 저렇게 불안해하고 초조해할까? 스크루지는 짐작조차 할 수 없었다.

"유령님! 이곳은 무섭습니다. 여기를 떠나더라도 결코 이 교훈은 잊지 않겠습니다. 제 말을 믿어주시고 어서 여길 떠나요."

시체의 머리를 가리키는 유령의 손가락은 조금도 움직이지 않았다.

"유령님 뜻은 잘 압니다. 그리고 할 수만 있다면 뜻대로 따르겠습니다. 하지만 유령님, 제겐 힘이 하나도 없습니다. 힘이 하나도 없어요."

유령이 스크루지를 쳐다보는 듯했다.

스크루지는 무척 고통스러웠다.

"혹시 이 마을에 누구라도 이 남자의 죽음으로 마음이 움직인 사람이 있다면, 그 사람을 제게 보여주십시오. 부탁합니다.”

유령은 스크루지 앞에서 잠시 검은 옷자락을 날개처럼 펼쳤다 접었다. 그러자 햇살이 비치는 방에 엄마와 아이들의 모습이 나타났다.

여자는 누군가를 걱정하며 애타게 기다리는 듯 방 안을 왔다 갔다 했다. 조그만 소리에도 깜짝 놀라며 창밖을 내다보고 시계를 흘끗거리며, 바느질도 손에 잡히지 않고 아이들 노는 소리도 귀에 거슬리는 듯했다.

마침내 그렇게 기다리던 노크 소리가 들렸다. 여자는 곧장 문으로 달려가 남편을 맞았다. 젊지만 근심에 찌들고 주눅 들어 살아온 탓에 초췌해 보이는 얼굴이었다. 하지만 지금 그 표정에는 놀랄 만한 변화가 있었다. 몹시 기쁘면서도 한편으론 부끄러워서 애써 감추려고 하는 그런 표정이었다.

남편은 아내가 난롯가에 차려놓은 저녁상에 가서 앉았다. 오랜 침묵 끝에 아내가 무슨 소식 없느냐고 조심스레 묻자, 남편은 뭐라고 대답해야 할지 몰라 난처한 기색이었다.

“좋은 소식이에요?”

아내는 이렇게 물은 뒤 주저하는 남편을 도와주려고 다시 물었다.

“나쁜 소식이에요?”

“나쁜 소식이오.”

“이제 희망이 없나요?”

“그렇진 않아. 아직 희망은 있어, 캐럴라인!”

아내는 기가 막힌다는 듯 말했다.

"만에 하나 그 영감 마음이 누그러진다면 그럴 수도 있겠죠. 하지만 그건 기적이 일어나야 가능한 일이라고요!"

"마음이 누그러지기엔 이미 늦었소. 영감님이 죽었으니까."

얼굴 표정이 진실을 말한다면 그 여자는 온화하고 참을성 있는 사람이라고 할 수 있을 것이다. 하지만 그녀는 남편의 얘기를 듣는 순간 마음속으로 잘됐다고 쾌재를 불렀고 나중에는 손뼉을 치며 기뻐하기까지 했다. 다음 순간 용서를 빌며 후회했지만 처음의 감정이야말로 그녀의 진심이었다.

"내가 일주일만 늦춰달라고 말하려고 영감님을 찾아갔더니 어제 말한 그 술 취한 여자가 뭐라 했는지 아오? 그냥 나를 따돌리려고 핑계를 대나 보다 생각했는데 그 말이 사실이었어. 영감님은 그때 몸이 많이 아픈 게 아니라 죽어가고 있었어."

"그럼 우리 빚은 누구에게 넘어가는 거예요?"

"나도 모르지. 하지만 그전에 어떻게든 돈을 마련해야지. 돈도 구하지 못했는데 영감의 채권을 이어받은 사람이 더 인심 사나운 사람이라면 정말로 운이 없는 게 되니까. 어쨌든 오늘 밤은 마음 편히 잘 수 있겠어, 여보."

그랬다. 아무리 누르려 해도 마음이 가벼워지는 것은 어쩔 수 없었다.

무슨 말인지 알아듣지도 못하면서 부모 곁에 몰려들어 조용히 듣고 있던 아이들 표정도 덩달아 환해졌다. 그 영감의 죽음으로 가족들은 전보다 더욱 행복해졌다. 영감의 죽음과 관련해 유령이 스크루지에게 보여줄 수 있는 사람들의 감정은 기쁨뿐이었다.

스크루지가 말했다.

"죽음과 관련해서 동정하는 모습이 있으면 보여주세요. 그렇지 않으면 우리가 조금 전에 떠나온 그 어두운 방이 영원히 제 기억 속에 남을 겁니다."

유령은 스크루지를 낯익은 거리 여러 군데로 데려갔다. 함께 다니는 동안 스크루지는 여기저기서 자신의 모습을 찾으려 했지만 어디에도 보이지 않았다. 그들은 불쌍한 밥 크래칫의 집으로 들어갔다. 스크루지가 전에 본 집이었다. 크래칫 부인과 아이들이 난롯가에 둘러앉아 있었다.

조용했다. 쥐 죽은 듯 조용했다. 언제나 재잘대는 크래칫 꼬맹이들도 한쪽 구석에 동상처럼 꼼짝 않고 앉아 책을 앞에 둔 피터만 쳐다보았다. 아내와 딸들은 바느질에 매달려 있었다. 하지만 그들도 이상하리만치 조용했다.

"예수께서 한 어린아이를 불러 그들 가운데 세우시고……."

저 말을 어디서 들었더라? 꿈속에서 들은 말은 아니었다. 스크루지와 유령이 문지방을 넘는 순간 피터가 소리 내어 책을 읽은 게 분명했다. 그런데 왜 계속 읽지 않지?

크래칫 부인은 바느질하던 옷감을 탁자에 내려놓고 얼굴을 감쌌다.

"옷 색깔 때문에 눈이 아프네."

색깔 때문이라고! 오, 세상에, 불쌍한 꼬맹이 팀!

크래칫 부인이 말을 이었다.

"이제 다시 괜찮아졌다. 촛불 옆에서 바느질을 했더니 시력이 약해진 것 같구나. 아빠가 들어오실 때 침침한 눈으로 맞고 싶진 않은데 말이야. 이런, 이제 곧 아빠 오실 시간이구나."

피터는 책을 덮으며 말했다.

"벌써 지났어요. 요새 저녁마다 아버지 발걸음이 느려진 것 같아요, 엄마."

그들은 다시 입을 다물었다. 그러나 마침내 크래칫 부인은 잠깐 한 번 머뭇거렸을 뿐 차분하고도 밝은 목소리로 말을 이었다.

"꼬맹이, 꼬맹이 팀을 목말 태우고 다닐 때면 아빠 걸음이 아주 빠르셨지."

"맞아요. 자주 그러셨죠."

피터가 말했다.

"맞아요."

다른 아이도 맞장구를 쳤다. 그렇다. 모두가 알고 있었다.

"꼬맹이가 워낙 가볍기도 했지만 아빠는 꼬맹이를 무척 사랑했기 때문에 조금도 무겁게 느끼지 않으셨지. 애들아, 아빠 오셨나 보다!"

크래칫 부인은 서둘러 남편을 맞으러 나갔다. 목도리를 두른(불쌍한 밥, 이제 그에게는 진짜 목도리가 필요했다) 왜소한 밥이 들어왔다. 벽난로 앞 화덕에는 그를 위한 차가 준비되어 있었고 모두가 최선을 다해 아빠의 시중을 들려고 애썼다. 그때 어린 크래칫 남매가 아빠 무릎에 올라앉아 조그만 뺨을 아빠의 뺨에 비벼댔다. 마치 '아빠, 상심하지 마세요. 슬퍼하지 마세요'라고 말하는 듯이.

아이들 덕분에 기분이 나아진 밥은 식구들에게 쾌활하게 입을 열었다. 탁자에 놓인 바느질감을 보고는 아내와 딸들의 바지런하고 빠른 바느질 솜씨를 칭찬했다. 이런 속도로 하다가는 일요일이 되기 훨씬 전에 끝내겠다고 했다.

아내가 말했다.

"일요일이라고요! 그러고 보니 당신 오늘 갔다 왔군요."

"그래, 여보. 당신도 갔으면 좋았을 텐데. 그곳이 얼마나 푸른지 당신이 봤으면 좋았을 거야. 하지만 앞으로 자주 보게 될 거예요. 내가 일요일마다 가겠다고 약속했으니까. 불쌍한 녀석, 불쌍한 내 아들, 불쌍한 내 아들."

밥이 울먹였다.

그는 단번에 무너져버렸다. 복받치는 울음을 참을 수 없었다. 참을 수만 있다면 그와 아들은 지금보다 헤어지기가 훨씬 쉬우리라.

크래칫은 방을 나가 층계를 따라 이층 방으로 올라갔다. 불이 환하게 켜져 있고 크리스마스 장식이 달려 있었다. 아이 곁에 가깝게 놓아두던 의자도 보이고 최근까지 누군가 그곳에 앉아 있은 듯한 흔적이 보였다. 가엾은 밥은 의자에 앉아 잠깐 생각에 잠겼다. 마음을 가라앉힌 뒤 그는 아이의 작은 얼굴을 떠올리며 입을 맞췄다. 그는 자신에게 일어난 일을 받아들이고 다시 행복해진 마음으로 아래층으로 내려갔다.

그들 가족은 난롯가에 둘러앉아 이야기를 나누었다. 엄마와 딸들은 여전히 바느질 중이었다. 밥은 가족들에게 스크루지 영감의 조카가 아주 친절한 사람이라고 했다. 한 번 본 사이일 뿐인데 거리에서 만났을 때 자기를 보더니 무슨 걱정이라도 있느냐고 물었다는 것이다.

"당신도 알다시피 그저 안색이 조금 나빴을 뿐인데 말이야. 그가 아주 다정다감한 신사라서 나는 사실대로 말했어. 그랬더니 '상심이 크시겠어요, 크래칫 씨. 당신의 훌륭한 부인께도 위로의 말씀 전해주세요'라고 말하는 거야. 그나저나 그 양반이 그 사실을 어떻게 알았는지 모르겠어."

"뭘 말이에요, 여보?"

"당신이 훌륭한 아내라는 거."

그러자 피터가 끼어들었다.

"그걸 모르는 사람이 어딨어요."

"그래, 말 한번 잘했다, 내 아들. 다른 사람들도 알았으면 좋겠구나. 어쨌든 그가 '부인께 위로의 말씀을 전해주세요. 어떤 식으로든 제가 도와드릴 일이 있으면 돕고 싶습니다'라더니 명함을 주더라고. '여기 제 주소가 있습니다. 저를 한번 찾아오세요'라면서 말이야. 그가 우리를 위해 뭔가 해줄 수 있어서가 아니라 그 친절한 마음 씀씀이가 얼마나 고마운지. 정말 우리 꼬맹이 팀을 잘 아는 것처럼 안타까워했어."

밥이 울먹였다.

"정말 좋은 분이네요."

아내가 말했다.

"당신이 그를 직접 만나 애길 나눠보면 그런 생각이 더욱 확실해질 거야. 그 양반이 우리 피터에게 더 좋은 일자리를 주선해준다 해도 그리 놀랄 일은 아닐 거야."

"피터, 잘 들어봐."

크래칫 부인이 말하자 딸아이 하나가 소리쳤다.

"그렇게 되면 피터 오빠도 결혼해서 살림을 차리겠네."

피터는 씩 웃으면서 대꾸했다.

"허튼소리."

밥이 말했다.

"허튼소리만은 아니다. 아직 멀었지만 언젠가는 그렇게 될 거야. 하지만 우리가 언젠가 헤어지더라도 가여운 꼬맹이 팀과 우리 가족이 경험한 이 첫 번째 작별은 결코 잊지 않을 거라 믿는다."

아이들 모두 입을 모아 대답했다.

"결코 잊지 않아요, 아빠."

"그래그래, 알아. 그 아이가 얼마나 참을성 많고 온순했는지 기억한다면 비록 그 아이가 어린 꼬맹이였다 해도 우리는 쉽게 다투는 일도, 불쌍한 꼬맹이 팀을 잊어버리는 일도 없을 거야."

아이들은 다시 한 번 소리쳤다.

"결코 잊지 않을 거예요!"

"정말 행복하구나. 행복해."

왜소한 밥이 말했다.

크래칫 부인이 남편에게 입을 맞추자 딸들과 어린 남매도 차례로 아빠에게 입을 맞췄다. 피터는 아빠와 악수를 했다. 꼬맹이 팀의 영혼이여, 너의 어린아이다운 순수함은 신이 내리셨도다!

스크루지가 물었다.

"유령님, 어쩐지 우리가 헤어질 순간이 가까워졌다는 생각이 드는군요. 그저 그런 생각이 들어요. 어떻게 될지는 모르지만요. 그러니 제게 말씀해주세요. 아까 본 시체가 누군지 말입니다."

미래의 크리스마스 유령은 스크루지를 상인들이 모여 있던 곳으로 데려갔다. 하지만 그때와는 시간대가 다른 것 같았다. 사실 이번 유령이 보여준 장면들은 미래의 모습이라는 점만 빼면 순서가 뒤죽박죽인 듯했다. 어디에도 스크루지 자신의 모습은 보이지 않았다. 아닌 게 아니라 유령은 전혀 멈춰 서는 일 없이 당장 가야할 목적지를 향해 곧장 나아갔다. 스크루지는 도중에 잠깐만 멈춰달라고 애걸해야 했다.

"우리가 지금 서둘러 지나는 이 골목에 오랫동안 제가 일해온 사무실이 있어요. 그 건물이 보여요. 제발 미래에 제가 어떤 모습일지 보여주세요."

유령은 멈춰 서서 손으로 어딘가를 가리켰다.

"건물은 저긴데 왜 다른 쪽을 가리키십니까?"

스크루지가 소리쳤지만 냉정한 유령의 손은 꼼짝도 하지 않았다.

스크루지는 서둘러 자신의 사무실 창문으로 가서 안을 들여다보았다. 안은 여전히 사무실이었지만 그의 사무실은 아니었다. 가구들도 다르고 의자에 앉은 사람도 자신이 아니었다. 유령의 손가락은 여전히 가리키던 방향을 향하고 있었다.

스크루지는 유령에게 돌아왔다. 자신이 왜, 어디로 갔는지 궁금했지만 철문이 나올 때까지 묵묵히 유령을 뒤따랐다. 그러다 대문으로 들어가기 전에 걸음을 멈추고 주위를 두리번거렸다.

교회에 딸린 묘지였다. 그곳에는 그가 이제야 이름을 알게 된 비참한 사내가 땅속에 누워 있었다. 건물들이 벽처럼 에워싼 그곳은 참으로 대단했다. 생명이 아닌 죽은 초목을 먹고 자란 잡풀이 무성한 곳, 엄청난 주검들로 기름지고 왕성해져 숨이 턱턱 막히는 곳이었다. 참으로 대단한 풍경이었다!

유령은 무덤들 한가운데 서서 그중 한 곳을 손가락으로 가리켰다. 스크루지는 와들와들 떨며 그 무덤으로 걸어갔다. 유령의 모습은 지금까지와 별다를 게 없었지만 스크루지는 그 엄숙한 모습에서 또 다른 의미를 눈치 채곤 두려움에 떨었다.

"유령님이 가리키시는 저 묘지로 가기 전에 한 가지 물어보겠습니다. 지금 본 모든 환영이 앞으로 일어날 일들인가요, 아니면 일어날 수도 있는 일들인가요?"

유령은 그저 옆에 있는 무덤을 가리킬 뿐이었다.

스크루지는 애원했다.

"인생의 행로는 확실한 끝을 예견할 수 있고, 꾸준히 따라가다

보면 분명히 종착지에 닿습니다. 하지만 그 행로에서 벗어나면 종착지도 달라질 겁니다. 부디 유령님이 제게 보여주시는 것도 그럴 거라고 말씀해주세요.”

유령은 여전히 미동도 없었다.

스크루지는 벌벌 떨며 무덤으로 기어갔다. 그리고 유령의 손가락이 가리키는 대로 버려진 무덤 묘비에 쓰인 이름을 읽었다. 거기엔 ‘에버니저 스크루지’라고 쓰여 있었다.

스크루지는 무릎을 꿇고 주저앉으며 소리쳤다.

“그럼 그 침대에 누워 있던 게 저란 말입니까?”

무덤을 가리키던 손가락이 스크루지를 향하더니 이내 다시 무덤을 가리켰다.

“싫어요, 유령님. 안 돼요. 제발 안 돼요!”

손가락은 여전히 그곳을 가리켰다.

스크루지는 유령의 옷자락을 단단히 움켜쥐며 외쳤다.

“제발, 제 말 좀 들어주세요. 전 이제 과거의 제가 아닙니다! 유령님을 만나지 않았으면 그렇게 됐겠지만 전 결코 그런 인간이 되지 않을 거예요! 저에게 희망이 없다면 왜 이런 걸 보여주시는 겁니까?”

처음으로 유령의 손이 떨리는 듯했다.

스크루지는 유령의 발치에 엎드리며 애원했다.

“자비로우신 유령님! 곤경에 빠진 저를 불쌍히 여기시어 구해주세요. 제가 새사람이 된다면 지금까지 제게 보여주신 그 환영들이 바뀔 거라고 약속해주세요.”

유령의 자비로운 손이 마구 떨렸다.

“이제 성심으로 크리스마스를 기리고 1년 내내 그 의미를 잊지 않겠습니다. 과거와 현재와 미래의 유령님 뜻대로 살겠습니다. 세 유령님을 언제나 마음속에 모시고 일러주신 가르침을 잊지 않겠습니다. 그러니 제발 이 묘비에 적힌 제 이름을 지워주겠다고 말씀해주세요!”

스크루지는 괴로워하며 유령의 손을 잡았다. 유령은 손을 빼려 했지만 스크루지는 더욱 간절하게 꽉 쥐고 놓지 않았다. 하지만 스크루지보다 힘이 센 유령은 그를 밀쳐냈다.

스크루지가 자신의 운명이 바뀌게 해달라고 두 손 모아 마지막으로 기도하는 동안, 유령의 두건과 옷이 서서히 바뀌었다. 유령의 옷은 점점 쪼그라들며 작아지더니 마침내 침대 기둥이 되어버렸다.

5
모든 것이 끝나고

그랬다! 침대 기둥은 스크루지의 침대 기둥이었다. 침대도 그의 것이고 방도 그의 것이었다. 하지만 무엇보다 기쁘고 다행스러운 건 지금껏 저질러온 잘못을 바로잡을 시간이 아직 남아 있다는 사실이었다.

스크루지는 침대 밖으로 나오며 중얼거렸다.

"앞으로는 과거와 현재, 미래의 세 유령님 뜻대로 살겠습니다! 세 유령님을 잊지 않겠어요. 이봐, 제이컵 말리! 내가 하느님과 크리스마스를 찬양하고 있네! 이렇게 무릎을 꿇고 말이야! 제이컵, 이렇게 무릎을 꿇고 말일세!"

스크루지는 어찌나 흥분되고 선한 의지로 불타올랐는지 목소리가 갈라져서 혹시 누가 부른다 해도 대답하지 못했을 것이었다. 게다가 간밤에 유령에게 애원하면서 격렬히 흐느낀 탓에 얼굴은 눈물범벅이었다.

스크루지는 팔로 침대 커튼을 휘감으며 소리쳤다.

"어, 멀쩡하잖아. 찢어지지도 않았고 고리도 모두 달려 있어. 걸려 있던 그대로야. 그래, 난 여기에 있고 미래의 환영들은 내쫓아 버리겠어. 그렇게 될 거야. 난 알아, 그렇게 될 거야!"

그러는 동안 스크루지는 내내 옷을 가지고 허둥댔다. 뒤집어 입었다 거꾸로 입었다 하지를 않나, 옷을 찢어놓는가 하면 잘못 입기도 하고 별별 엉뚱한 짓을 다 했다.

스크루지는 웃다가 울다가, 양말을 가지고 영락없는 라오콘 군상(트로이전쟁에서 신의 노여움을 산 라오콘이 두 아들과 함께 큰 뱀에게 친친 감겨 죽어가는 괴로운 모습을 나타낸 대리석 조각—옮긴이)까지 연출하며 소리쳤다.

"아, 뭘 해야 할지 모르겠어! 난 새털처럼 마음이 가볍고 천사처럼 행복하고 아이처럼 즐거워. 술 취한 사내처럼 마음이 들떠. 여러분, 모두 메리 크리스마스! 새해 복 많이 받으시오! 어이, 여기도! 안녕하시오!"

스크루지는 거실로 깡충깡충 뛰어가선 가쁜 숨을 몰아쉬며 섰다.

"참, 저기 귀리죽이 든 냄비가 있지!"

스크루지는 다시 깡충깡충 뛰어 난롯가로 갔다.

"저건 제이컵 말리의 유령이 들어온 문이군! 저기 저 구석은 현재의 크리스마스 유령이 앉아 있던 곳이고! 저건 떠돌아다니는 유령들이 보인 창문이고! 맞아, 틀림없어. 정말 일어난 일이야, 하하하!"

수년 동안 웃는 연습을 하지 않은 사람치고는 참으로 멋진 웃음이었다. 아주 기분 좋은 웃음, 호쾌한 웃음이었다. 오래오래 대를 이어갈 멋진 웃음의 원조 격이라고 할까!

"이거 오늘이 도대체 며칠인지 모르겠군! 얼마 동안이나 유령들과 함께 다닌 거지? 도대체 아무것도 모르겠어. 영락없이 어린애가 됐어. 하지만 괜찮아, 상관없어. 차라리 아기였으면 좋겠는데. 와! 야호! 어이, 안녕하시오!"

스크루지는 지금껏 들어보지 못한 아주 힘찬 종소리를 듣고서야 황홀경에서 빠져나왔다. 댕그랑, 딩그랑, 댕그랑, 댕, 동! 댕그랑 딩그랑, 댕, 동! 아, 참으로 영광스럽도다!

스크루지는 문가로 달려가서 창문을 열고 고개를 내밀었다. 안개도 없었고 가랑비도 오지 않았다. 청녕하고 상쾌하고 정신이 번쩍 들 만큼 추운 날씨였다. 몸속의 피가 요동칠 정도로 추운 날씨. 쏟아져 내리는 태양은 황금빛이고, 하늘은 눈부시게 파랬다. 달콤하고 싱그러운 날씨, 즐거운 종소리. 아, 참으로 영광스럽도다! 영광스럽도다!

단정한 일요일 옷차림을 하고 어슬렁어슬렁 골목을 내려오는 소년을 보며 스크루지가 소리쳤다.

"애야, 오늘 며칠이지?"

소년은 어리둥절한 얼굴로 되물었다.

"네?"

“꼬마야, 오늘이 며칠이냐고?”

“오늘요? 크리스마스잖아요.”

스크루지는 중얼거렸다.

“크리스마스라고! 놓친 게 아니었어. 유령들은 하룻밤 사이에 그 모든 걸 보여준 거야. 하기야 무엇이든 마음만 먹으면 할 수 있는 분들이니. 암, 그렇고말고, 그렇지. 애, 꼬마야!”

“왜요?”

“너 다음 골목 말고 그다음 골목 모퉁이에 있는 푸줏간 알지?”

“예, 알죠.”

“아주 똑똑하구나! 혹시 그 집에 걸린 최상급 칠면조가 팔렸든? 작은 거 말고 아주 큰 거?”

“저만큼 커다란 칠면조 말이죠?”

“아이고, 정말 똑똑하네! 너한테 물어보길 잘했구나. 그래, 그놈 말이다!”

“걸려 있던데요.”

“그래? 그럼 가서 내가 사겠다고 말해주겠니?”

“예? 농담이죠?”

“농담 아니야. 진심이다. 가서 내가 그놈을 산다고 말하고 푸줏간 주인더러 우리 집으로 가져오라고 해주렴. 주인이 오면 그걸 어디로 배달할지 알려줄 테니. 푸줏간 주인을 데려오면 1실링 주마! 5분 안에 오면 반 크라운 더 주지!”

소년은 총알처럼 뛰어갔다. 누군가 미리 방아쇠에 손가락을 걸고 있다가 총을 쐈더라도 소년이 뛰어가는 속도의 절반에도 못 미쳤으리라.

스크루지는 손바닥을 비비며 중얼거렸다.

"그걸 밥 크래칫한테 보내야지. 누가 보냈는지 모를 거야. 아마 꼬맹이 팀의 두 배는 될걸. 천하의 조 밀러도 그걸 밥의 집에 보낼 거라는 농담은 못 해봤을 거야."

그는 터져 나오는 웃음을 참지 못했다.

주소를 적는 스크루지의 손이 마구 떨렸다. 어찌어찌해서 주소를 겨우 다 쓴 다음 그는 아래층으로 내려가 현관문을 열고 푸줏간 주인이 오길 기다렸다. 그런데 문고리가 눈에 들어왔다. 스크루지는 문고리를 어루만지며 말했다.

"내 목숨이 붙어 있는 한 이놈한테도 잘해줘야지. 전에는 거들떠보지도 않다시피 했지. 그런데 이제 보니 정말 정직하게 생겼는걸! 멋진 문고리야! 칠면조가 왔군! 여, 안녕하시오! 메리 크리스마스!"

그 칠면조는 하도 뚱뚱해서 살아 있는 동안 결코 제 발로 서 있지 못했을 것처럼 보였다. 어쩌다 일어섰다가는 봉랍을 바를 때 사용하는 가느다란 막대기처럼 1분도 안 돼 다리가 똑 부러졌을 테고.

"아이고, 캠던타운까지 가지고 가기 어렵겠는걸. 마차를 불러야겠군."

스크루지는 껄껄 웃었다. 칠면조 값을 치를 때도, 마차 삯을 낼

때도, 소년에게 심부름 값을 줄 때도 껄껄 웃었다. 어찌나 껄껄 웃었는지 나중에는 숨이 차서 의자에 털썩 주저앉았지만 그래도 웃음을 참을 수 없었다. 급기야는 눈물까지 글썽였다.

스크루지는 손이 계속 떨리는 바람에 면도하기도 쉽지 않았다. 면도는 정신 집중이 여간 필요한 일이 아니다. 면도를 하면서 춤을 춘다는 건 꿈도 꿀 수 없다. 그렇지만 지금 스크루지는 설령 면도를 하다 코끝을 벤다 해도 반창고나 하나 붙이고 나서는 별로 대수롭지 않게 여겼을 것이다.

스크루지는 '가장 좋은 옷'으로 차려입고 마침내 거리로 나섰다. 현재의 크리스마스 유령과 함께 보았을 때처럼 거리는 쏟아져 나온 사람들로 북적였다. 스크루지는 뒷짐을 지고 걸으며 만나는 사람 한 명 한 명에게 환한 웃음을 보냈다. 워낙 즐거워 죽겠다는 표정이어서 만나는 사람들 중 기분이 좋던 사람 서넛은 그에게 "안녕하세요! 즐거운 크리스마스 보내세요"라고 인사를 건넸다. 스크루지는 훗날 두고두고 그때의 기억을 떠올리며 자기가 들어본 유쾌한 말 중에 그 인사가 가장 즐거웠다고 말했다.

얼마 걷지 않아 스크루지의 눈에 자기 쪽으로 걸어오는 뚱뚱한 신사가 들어왔다. 전날 사무실로 찾아와 "스크루지와 말리 상회가 맞습니까?"라고 물은 그 신사였다. 스크루지는 그와 눈이 마주치면 그 신사가 자기를 어떤 눈으로 바라볼까 생각하며 가슴이 뜨끔했다. 하지만 자기 앞에 어떤 길이 놓여 있는지 알기에 주저 없이 그 길로 나아갔다. 스크루지는 걸음을 재촉해 그 신사에게 다가가 그의 두 손을 부여잡았다.

"선생님, 안녕하십니까? 어제는 성과가 좋으셨기를 바랍니다. 찾아주셔서 정말 감사했습니다. 즐거운 크리스마스 보내세요."

"혹시 스크루지 씬가요?"

"그렇습니다. 제가 스크루지입니다. 혹시 제 이름을 듣고 불쾌하시지 않았을까 두렵습니다. 용서해주세요. 참, 부탁드릴 말씀이 있는데요……."

스크루지는 신사의 귀에 대고 속삭였다.

신사는 숨이 넘어갈 듯 외쳤다.

"예? 이런 세상에, 스크루지 씨, 진심이세요?"

"예, 부탁드립니다. 한 푼도 빼지 않고 전부 드리겠습니다. 그 돈에는 그동안 내지 못한 몫까지 들어 있습니다. 믿으셔도 좋습니다. 제 부탁을 들어주세요."

"아이고, 스크루지 선생님, 이거 뭐라고 말씀드려야 할지 모르겠습니다. 그렇게 큰돈을……."

신사는 스크루지의 손을 잡고 흔들었다.

"아무 말씀 마세요. 언제 한번 들러주세요. 그래주실 거죠?"

"물론입니다!"

신사의 우렁찬 목소리로 보아 그가 스크루지를 방문할 것은 분명했다.

"고맙습니다. 이 은혜 정말 감사드려요. 정말 감사합니다. 신의 은총이 함께하시길!"

스크루지는 교회에도 가고 거리도 걸어 다니고 바쁘게 오가는 사람들도 구경했다. 어린아이의 머리를 쓰다듬기도 하고 걸인에게 이것저것 물어보고, 다른 집 부엌을 들여다보거나 창문을 올려다보기도 하며 그는 이 모든 것이 자신에게 즐거움을 줄 수 있다는 사실을 깨달았다. 한낱 산책이 이렇게 큰 행복을 줄 수 있으리라곤 꿈에도 생각지 못했다. 오후가 되자 그는 조카의 집으로 발걸음을 옮겼다.

스크루지는 조카의 집 앞을 열두 번도 더 왔다 갔다 한 뒤에야 현관에 올라서서 문을 두드릴 용기를 냈다. 결국 마음을 다잡고 문을 두드렸다.

"주인어른 계시나?"

문을 연 하녀에게 스크루지가 물었다. 아주 상냥한 하녀였다!

"예, 어르신."

"참 상냥한 아가씨네. 그래, 어디 계시는가?"

"마님과 함께 식당에 계세요. 괜찮으시다면 제가 안내해드리겠습니다."

"고맙구먼. 난 여기 주인과 잘 아는 사이야."

스크루지는 벌써 식당 문고리를 잡고 있었다.

"여기로 들어가면 되지?"

스크루지는 문고리를 살짝 돌린 후 문 사이로 얼굴을 들이밀었다. 모두 그릇들을 줄 맞춰 길게 늘어놓은 식탁을 바라보고 있었다. 젊은 가정주부들은 언제나 이런 것에 신경을 쓰고 모든 게 제대로 되었는지 알고 싶어 한다.

"프레드!"

어이쿠, 간 떨어지겠네! 스크루지의 조카며느리가 얼마나 놀랐는지! 스크루지는 조카며느리가 식당 구석에서 작은 의자에 발을 올려놓은 채 잠시 쉬고 있다는 걸 깜빡했다. 그러지 않았다면 이렇게까지 놀라게 하진 않았을 것이다.

프레드가 외쳤다.

"세상에, 이게 누구세요?"

"나다, 외삼촌. 저녁 먹으러 왔다. 들어가도 되겠냐?"

들어가도 되냐니! 프레드가 삼촌의 팔이 빠지도록 흔들지 않은 것만도 다행이었다. 5분도 되지 않아 스크루지는 자기 집에 있는 것처럼 마음이 편안해졌다. 이보다 더 따뜻한 환대는 없으리라. 조카며느리는 환영으로 본 것과 똑같았다. 나중에 토퍼가 도착했는데 그 역시 똑같았다. 통통한 처제도 똑같고 모두가 똑같았다. 정말 멋진 파티에 즐거운 놀이가 이어졌고, 모두 한마음이 되었다. 정말 행복했다.

다음 날 스크루지는 아침 일찍 사무실에 나갔다. 무척 이른 시간이었다. 스크루지는 자신이 먼저 사무실에 도착해서 늦게 오는 밥 크래칫의 덜미를 잡을 작정이었다. 그것이 애초에 마음속에 품은 생각이었다.

그런데 정말 그렇게 됐다. 시계가 9시를 알렸다. 하지만 밥은 나타나지 않았다. 15분이 지났다. 그래도 밥은 오지 않았다. 마침내 출근 시간에서 18분하고도 30초가 지나서야 그가 나타났다. 스크루지는 밥이 골방으로 들어가는 것을 지켜보려고 문을 활짝 열어놓은 채 앉아 있었다.

밥은 문을 열기 전에 모자를 벗고 목도리를 풀었다. 그리고 들어오자마자 얼른 자리에 앉아 9시 이후 지나버린 시간을 벌충하려는 듯 부지런히 펜을 놀렸다.

스크루지는 평소의 음성으로 퉁명스럽게 밥을 부르며 엄청 화난 척을 했다.

"이봐! 지금이 몇 시야? 도대체 무슨 배짱으로 지각을 해?"

"정말 죄송합니다. 좀 늦었습니다."

"그래? 나도 잘 알아. 자네 이리 좀 와봐."

밥이 골방에서 나오며 애원하듯 말했다.

"1년에 딱 한 번입니다. 다시는 이런 일 없게 하겠습니다. 어제 너무 즐겁게 보냈나 봅니다."

"이봐, 내 한마디 하겠는데, 난 더는 이런 꼴 못 봐."

스크루지는 의자에서 일어나 손가락으로 밥의 가슴을 찔렀다. 밥이 비틀거리며 다시 골방으로 들어가자, 스크루지가 말을 이었다.

"그래서 자네 급료를 올려줄까 하는데."

밥은 벌벌 떨면서 가까이에 있는 자를 움켜잡았다. 그는 자로 스크루지를 때려눕힌 다음 밖으로 끌고 나가, 길 가는 사람들에게 미친 사람을 가두는 구속복을 갖다달라고 해야겠다고 생각했다.

"메리 크리스마스, 밥!"

스크루지는 밥의 어깨를 두드리며 진지하게 말했다. 실수가 아니었다.

"내가 그동안 하지 못한 기도를 한꺼번에 할 테니 더욱 즐거운 크리스마스 보내길 바라네! 난 자네 급료를 올려주고 고생하는 자네 식구들을 힘껏 도울 생각이네. 우리 오늘 오후에 김이 모락모락 나는 비숍 한 잔씩 마시면서 자네 집안일을 의논해보자고. 난롯불을 더 활활 지피게. 그리고 글자 하나 더 쓰기 전에 석탄부터 한 통 더 사와. 어서, 밥 크래칫!"

스크루지는 자신이 한 약속보다 더 많이 베풀었다. 자기가 한 말을 모두 실천에 옮겼을 뿐 아니라 그 이상으로 베풀었다. 꼬맹이 팀(그 아이는 죽지 않았다)에게는 양부가 되어주었다. 스크루지는 그가 사는 훌륭히고 오래된 도시뿐만 아니라 이 세상의 다른 훌륭하고 오래된 도시와 읍, 자치도시에서까지 좋은 친구이자 너그러운 주인, 선량한 시민으로 알려졌다. 어떤 사람들은 스크루지의 달라진 모습을 보고 웃기도 했지만 스크루지는 그들이 웃든 말든 신경 쓰지 않았다. 사람들에게 비웃음을 살 각오를 하지 않으면 이 세상엔 영원히 아무 일도 일어나지 않는다는 사실을 알 만큼 현명했기 때문이다. 게다가 이런 비웃음은 눈을 감아버리면 그만이며, 사람들이 병을 앓아 별로 아름답지 않은 흉터가 남는 것보다는 차라리 비웃어서 눈가에 주름살이 생기는 편이 낫다고 생각했다. 어쨌든 자신의 마음이 웃고 있으면 그걸로 충분했다.

크리스
마스
캐럴

스크루지는 그 후 더는 유령들을 만나지 않았으며 남은 평생 '완벽한 금욕주의자'로 살았다. 그리고 크리스마스 정신을 가장 잘 실천하는 사람이 누군지에 대한 이야기가 나오면 언제나 그의 이름이 언급되었다. 진심으로 바라노니 우리 모두도 스크루지처럼 불리길! 그리고 꼬맹이 팀의 말대로 우리 모두에게 은총이 가득하길!

크리스마스 캐럴

크리스마스이브, 매서운 바람이 몰아치는 런던의 어느 골목 사무실에서
스크루지 영감은 장부에 코를 박고 정신없이 일하고 있었다.

동업자 말리가 죽은 지 7년이 지났지만, 스크루지는 간판에서 그 이름을 지우는
일 따위에는 아무 관심이 없었다.

스크루지 영감의 사무실 문은 항상 열려 있었는데, 그 너머에 있는 서기를 감시하기 위해서인 듯했다.

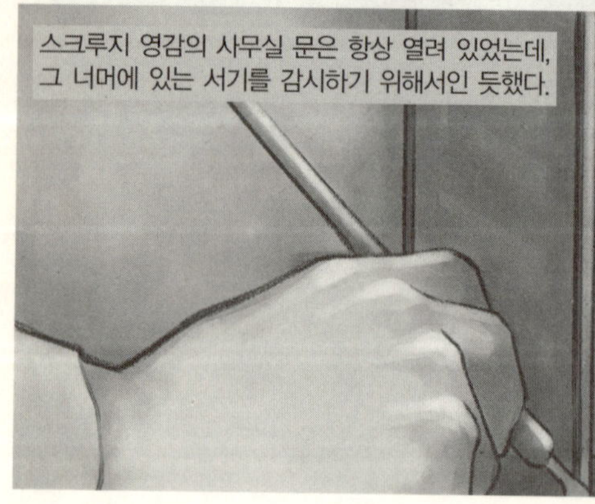

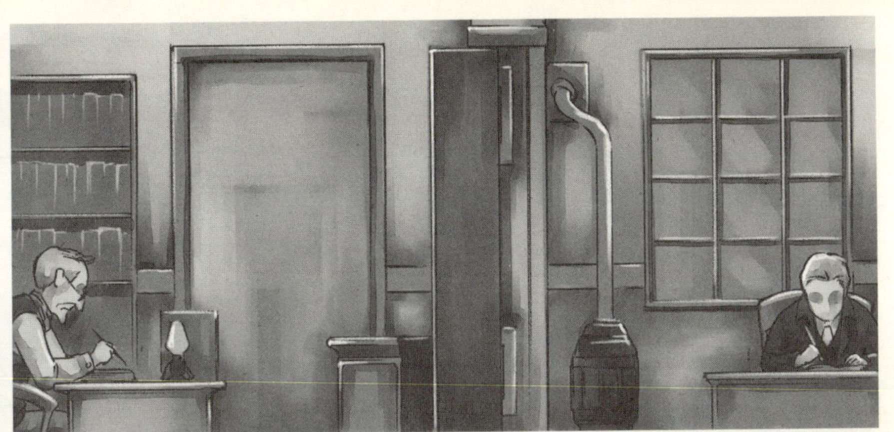

난로에는 초라한 불씨만 살아 있었지만
서기는 스크루지 영감의 눈치가 보여
석탄을 더 가져올 엄두도 내지 못했다.

즐거운 크리스마스예요,
삼촌! 축복을 빌어요.

흥! 쓸데없는 소리!

삼촌, 크리스마스가 쓸데없다는 말은 아니시죠?
왜 아니야!

즐거운 크리스마스라고? 네놈이 무슨 자격으로 즐거워해? 가진 것도 쥐뿔도 없는 가난뱅이 주제에!

삼촌도 참, 그럼 삼촌은 뭐 때문에 우울해하시죠?

이렇게 부자시니 시무룩하실 이유가 전혀 없잖아요?

삼촌, 얼굴 좀 펴세요.

내가 지금 그러게 생겼냐?

이렇게 멍청이들이 바글거리는 세상에서 사는데!
즐거운 크리스마스라고? 빌어먹을 크리스마스다!
장부를 펼쳐보면 1년 열두 달 죄다 적자란 걸
확인하는 때가 크리스마스 아니냐?

즐거운 크리스마스라고 떠들고 다니는
놈들은, 푸딩과 함께 푹푹 쪄서 파묻어
버렸음 좋겠다. 암, 그래야지!

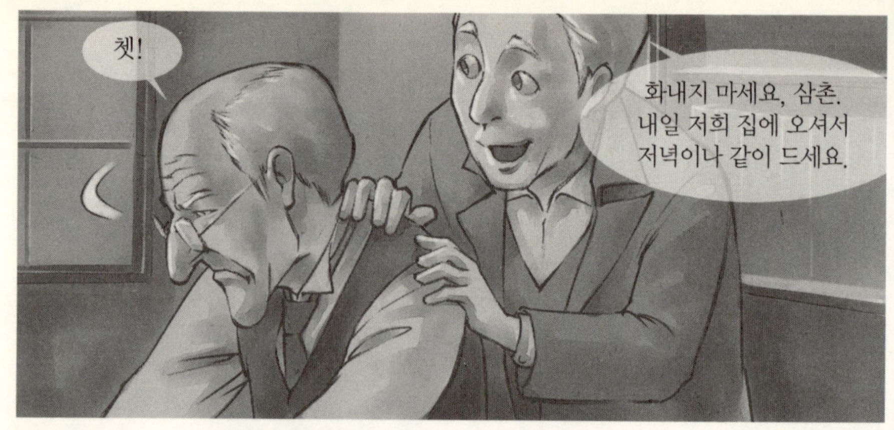

쳇!
화내지 마세요, 삼촌.
내일 저희 집에 오셔서
저녁이나 같이 드세요.

그래, 나중에 보자.
네놈이 쪽박 차는
꼴을.

에이, 괜한 말씀 마시고요,
어쨌든 크리스마스
잘 보내세요.
됐으니까
그만 가봐!

삼촌 메리
크리스마스!
빨리 가!

메리 크리스마스!
아,
메리 크리스마스!

멍청한 놈이 한 놈 더 있었군! 일주일에 겨우 15실링으로 처자식 먹여 살리는 주제에…….

내가 정신병원으로 가든지 해야지 원…….

조카 프레드를 쫓아 보내다시피 한 스크루지에게 곧이어 두 신사가 찾아왔다.

자선모금 중인 그들은 스크루지에게 정중하게 인사를 건넸다.

안녕하십니까, 스크루지 씨나 말리 씨를 뵈러 왔습니다만…….

말리 씨는 7년 전에 죽었수다! 난 볼일 없으니 가보쇼!

아, 스크루지 선생님이시군요! 저희는 선생님께서 관대하신 고인의 뜻을 이을 것이라 믿어 의심치 않습니다.

1년 중 가장 즐거운 이때 수많은 이웃이 추위와 배고픔으로 어려움을 겪고 있습니다.

이들을 조금이나마 돕는 건 아주 보람 있는 일이지요.

자, 선생님.

존함을 뭐라고 적을까요?
적지 마시오!

예……?

익명으로 하시게요?
날 좀 내버려두시오!
게으른 사람들이나
도와줄 마음 같은 건
전혀 없으니!

감옥이나 빈민 수용소는
뭘 하기에 댁 같은 사람들이
설치고 다니는 거요!

그거론
부족하니까……
내 알 바 아니오!
난 내 일 하기도
바쁜 사람이오.

잘들 가시오!

소신을 굽히지 않았다는 생각에 기분이 좋아진 스크루지는 다시 일에 몰두했고,
잠시 뒤 사무실 문 앞에서 캐럴을 부르는 아이마저 쫓아버렸다.

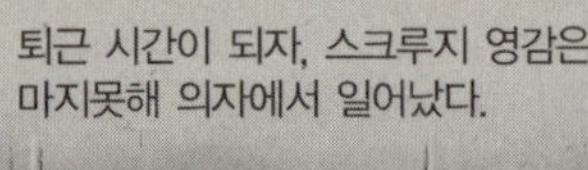

퇴근 시간이 되자, 스크루지 영감은 마지못해 의자에서 일어났다.

자네 내일 종일 쉬고 싶지?

예, 사장님만 괜찮다면요.

괜찮지 않을뿐더러 공평하지도 않지.

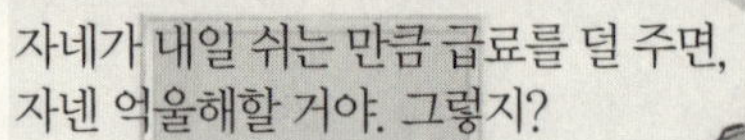

자네가 내일 쉬는 만큼 급료를 덜 주면, 자넨 억울해할 거야. 그렇지?
그, 그야……

그런데 일하지 않은 날까지 쳐서 급료를 주는 내가 억울하겠다고는 여기지 않을 테지.

1년에 고작 하루뿐이잖아요.
그건 12월 25일마다 남의 주머니에서 돈을 빼내려는 궁한 변명일 뿐이야.
어쨌든 내일 하루 꼬박 쉬겠단 말이지.

그럼 모레는 새벽같이 출근하게.

그럼 사장님, 메리 크…….
시끄러!

스크루지는 평소처럼 음침한 선술집에서 외롭게 식사를 한 다음,

신문이란 신문은 모조리 읽고

은행 장부를 뒤적이다가 집으로 향했다.

그는 오래전에 죽은 동업자가 살던
을씨년스러운 아파트에서 혼자 살았다.

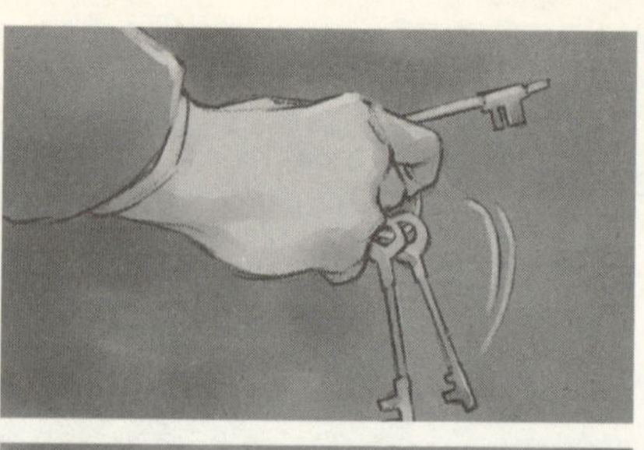

그는 오래전에 죽은 동업자가 살던
을씨년스러운 아파트에서 혼자 살았다.
말리……!

문고리가 있어야 할 자리에 나타난 것은
7년 전에 죽은 말리의 얼굴이 분명했다.

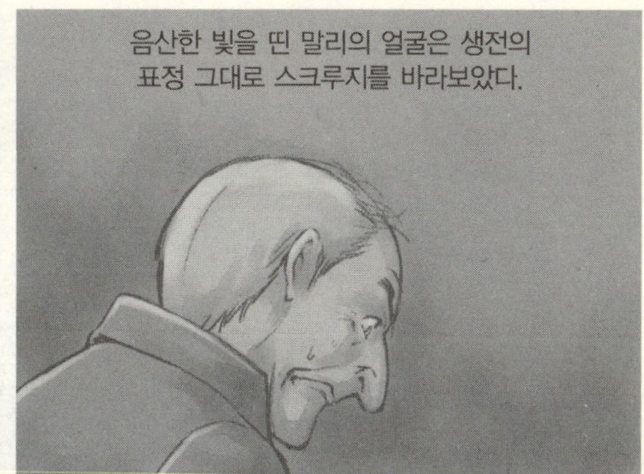

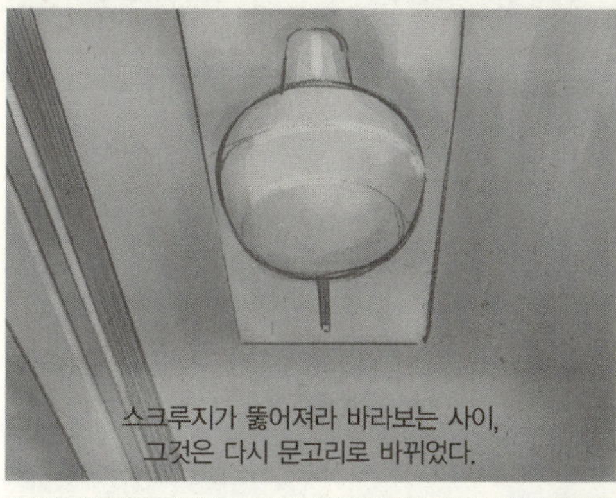

집 안에 아무 이상이 없음을 확인한 후에야 스크루지는 자기 방으로 들어가 문을 걸어 잠갔다.

스크루지는 옷을 갈아입고 죽을 먹기 위해 벽난로 가에 앉았다. 그러나 머릿속에 말리의 얼굴이 맴돌아 영 꺼림칙했다. 그때였다.

쩔 그 렁...
쩔 그 렁...

쩔 그 렁...

쩔 그 렁...

지하실 쪽에서 쇠사슬 끄는
소리가 들려오더니,점점
요란해지며 층계를 올라
그의 방으로 다가왔다.

다음 순간 그것은 육중한 문을 뚫고 들어와

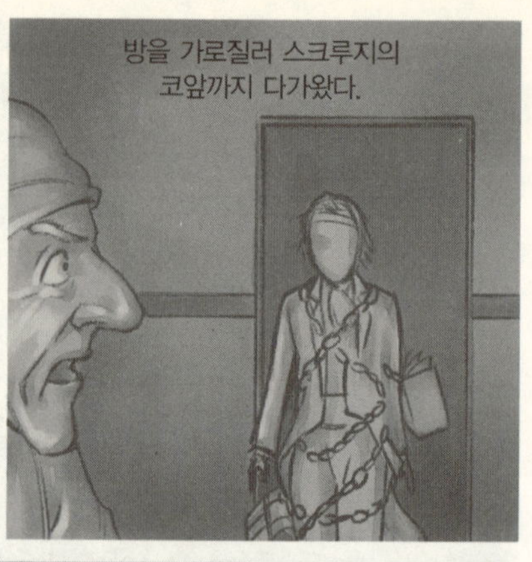

방을 가로질러 스크루지의
코앞까지 다가왔다.

육중한 쇠사슬에는
돈궤, 열쇠, 맹꽁이자물쇠,
장부 등이 매달려 있었다.

스크루지는 얼굴이
하얗게 질렸다.

당신…… 누구야?

이승에 있을 때
자네 동업자였지.

말……리……?

그…… 쇠사슬은
뭔가……?

살아생전 나 자신이
한 고리씩 늘린 사슬이야.
스스로 여기 묶인 거지.

자네 쇠사슬은 7년 전 이미
내 것과 같은 무게와 길이였지!

제이컵! 여보게!
좀 더 자세히 얘기해주게.
위안이 되는 말을 좀 해줘!
내가 해줄 말은 없네. 다만,
자네에겐 아직 희망이 있어.
난 그걸 알려주러 왔으니
내 말 잘 듣게.

자넨 늘 좋은 친구였어! 고맙네.

자네에게 유령 셋이 찾아올 걸세.

내일 새벽 1시 종이 울릴 때 첫 번째 유령이 찾아올 거야.
유령? 그게 자네가 말한 희망인가?

한꺼번에 만나면 안 될까?

명심하게. 이건 마지막 기회이자……

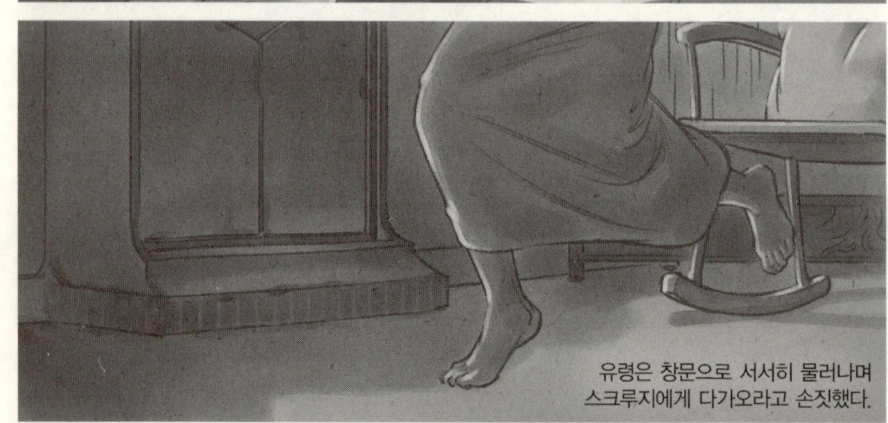
유령은 창문으로 서서히 물러나며
스크루지에게 다가오라고 손짓했다.

그때 허공에서 이상한 소리가 들려오더니
유령은 쌀쌀한 어둠 속으로 둥둥 날아갔다.
스크루지는 얼른 창문을 열고 밖을 살펴보았다.

그 유령들은 비탄과 후회, 슬픔과 자책의 통곡이 뒤섞인 소리를 내며
밤하늘을 헤매다가, 스크루지가 바라보는 사이 모두 사라져갔다.

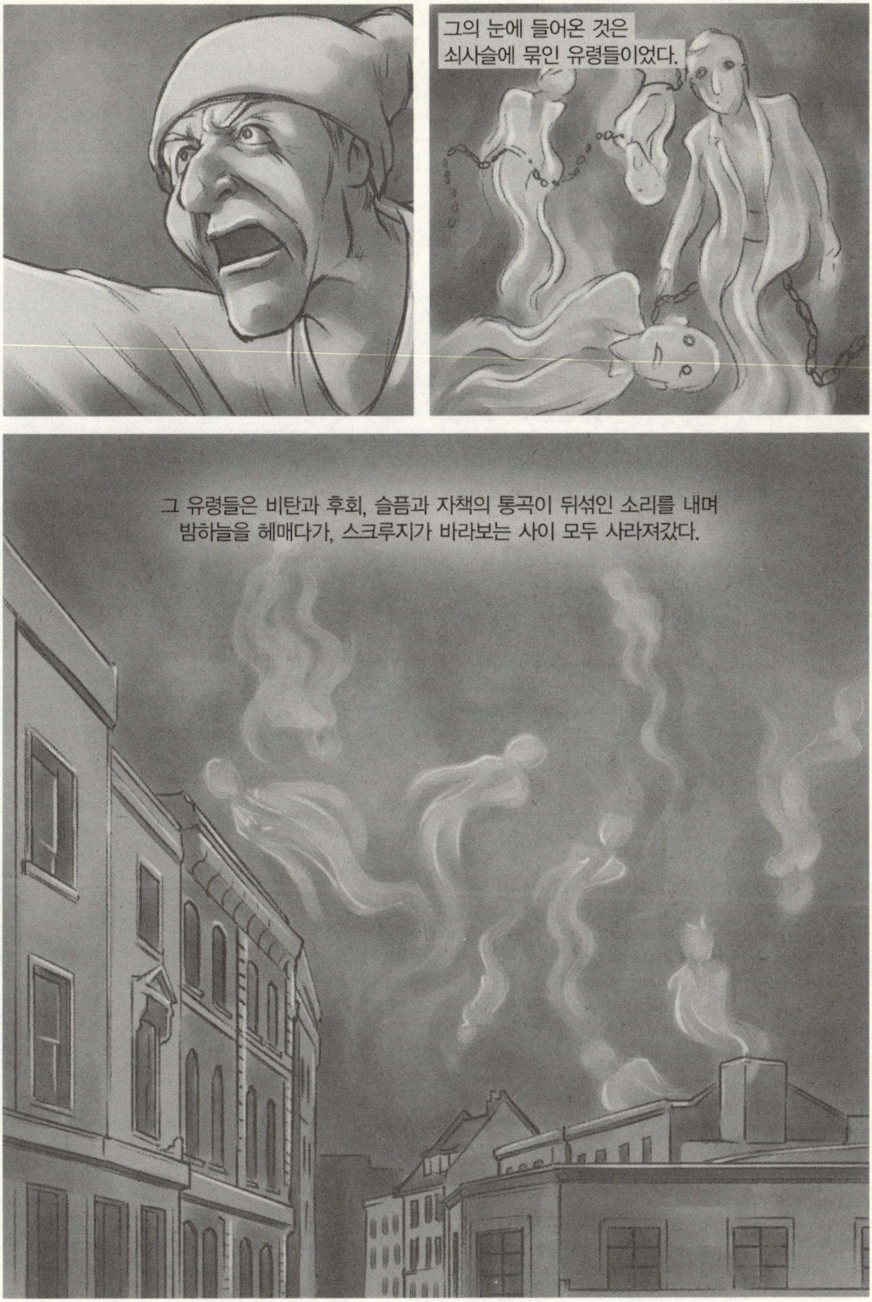

과거의 크리스마스 유령.

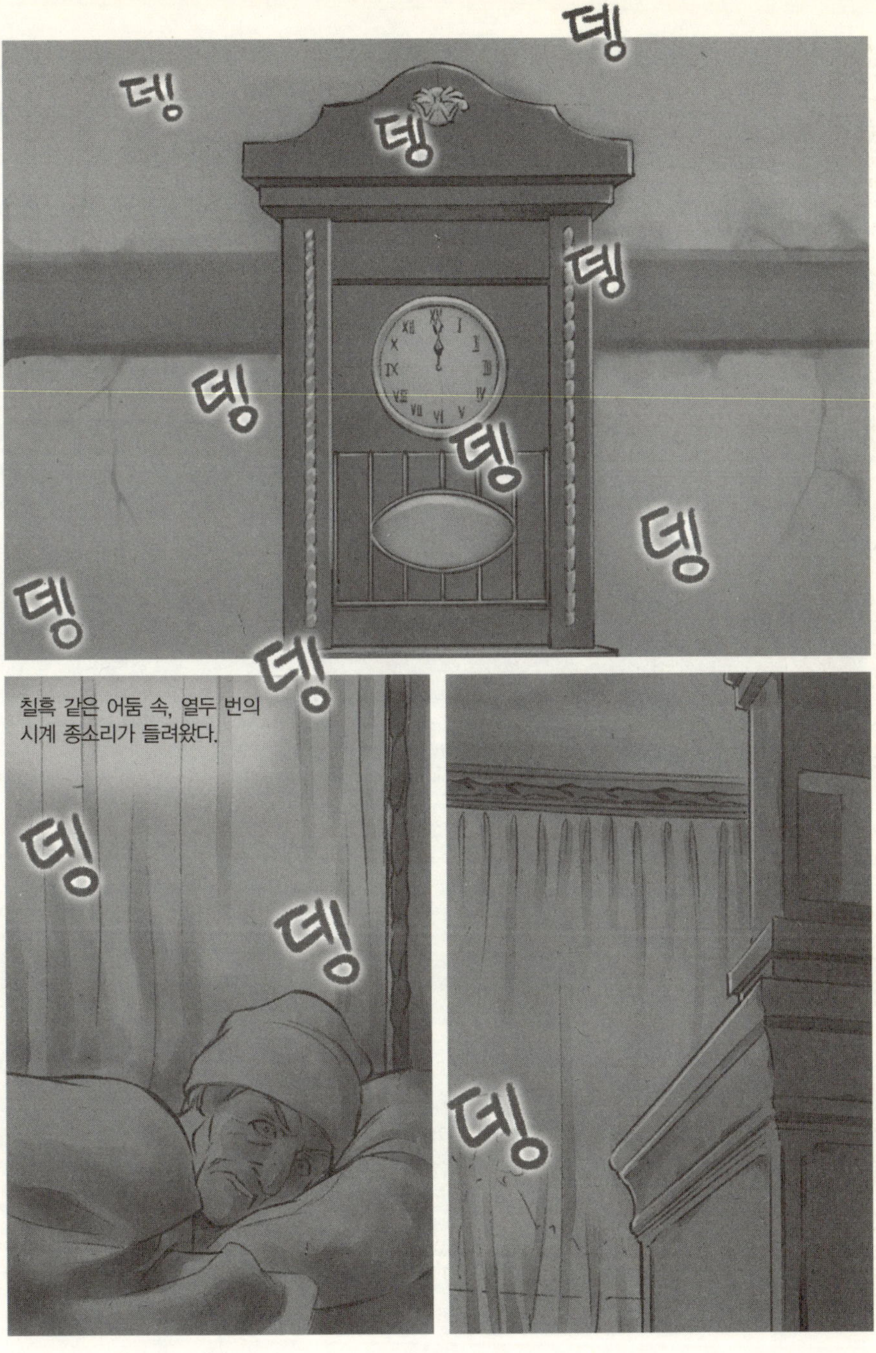

뎅
뎅
뎅
뎅
뎅
뎅
뎅
뎅
뎅
뎅
칠흑 같은 어둠 속, 열두 번의
시계 종소리가 들려왔다.
161

2시 넘어서 잠들었는데,
12시라니?

창문으로 가서 밖을 내다보았지만
세상은 조용히 어둠에 잠겨 있을 뿐이었다.

그때 스크루지의 머릿속에 말리의 유령을 만난 일이 떠올랐다.
그게 꿈이 아니었단 말인가?

그럼 한 시간 뒤에
유령이 찾아오겠군!

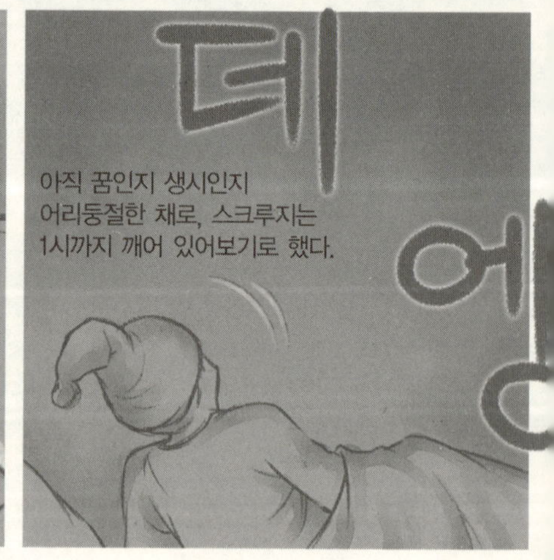

데
엥
아직 꿈인지 생시인지
어리둥절한 채로, 스크루지는
1시까지 깨어 있어보기로 했다.

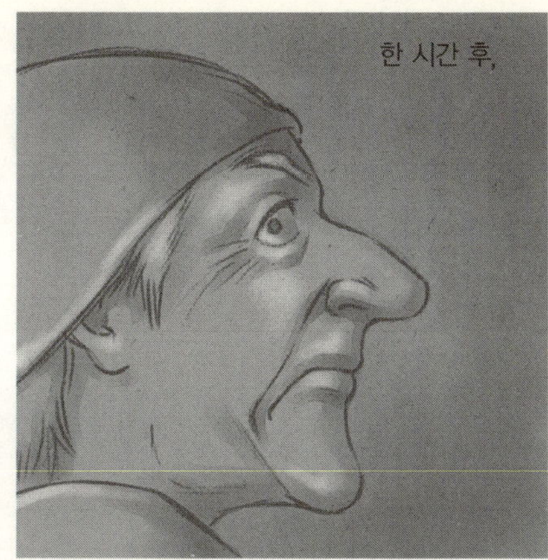
한 시간 후,

별안간 어떤 손이 나타나
침대 커튼을 열어 젖혔다.

스크루지의 눈앞에
유령이 서 있었다.
어린아이 같기도,
노인 같기도 한
그 유령은 정수리에서
빛을 내뿜고 있었는데,
손에 든 모자로 빛을
끄는 게 분명했다.

당신은…….

오늘 밤 오신다던
그 유령이십니까?

그렇다. 나는 과거의
크리스마스 유령이다.
유령의 목소리는
부드럽고 다정하면서도
아주 멀리서 들리는 듯
아련했다.

아…….

아주 먼 과거
말씀이신가요?

아니,
너의 과거다.

나의……

과거…….

일어나라.
함께 갈 데가 있다!

예? 이 밤중에
어딜……,
잠깐만요!

스크루지와 유령은 순식간에 벽을 통과해, 길 양옆으로 밭이 넓게 펼쳐진
시골 길에 서 있었다. 어둠과 서리 내리는 도시 대신 눈 쌓인 벌판과
청명하고 쌀쌀한 겨울 한낮의 풍경이 펼쳐졌다.

스크루지는 실로 오랫동안 잊고 지낸 대기의 향기,
까마득히 잊고 지낸 희망과 기쁨, 불안을 느낄 수 있었다.

네 입술이 떨리는구나.

유령은 부드러운 표정으로
스크루지를 바라보았다.

이 길을
기억하느냐?
기억하고말고요!
눈 감고도
갈 수 있어요.

오랫동안 잊고 지내서
낯설 텐데, 어쨌든 가보자!

스크루지는 고향 마을의
모든 것을 기억해낼 수 있었다.

망아지 위에 올라탄 아이의
얼굴과 이름까지도 모두,

이건 과거의 환영일 뿐이다.
저들은 우리를 보지 못하지.

스크루지와 유령은 큰길을 벗어나
칙칙한 붉은 벽돌 건물에 도착했다.

바로 스크루지가
어린 시절을 보낸 곳이었다.

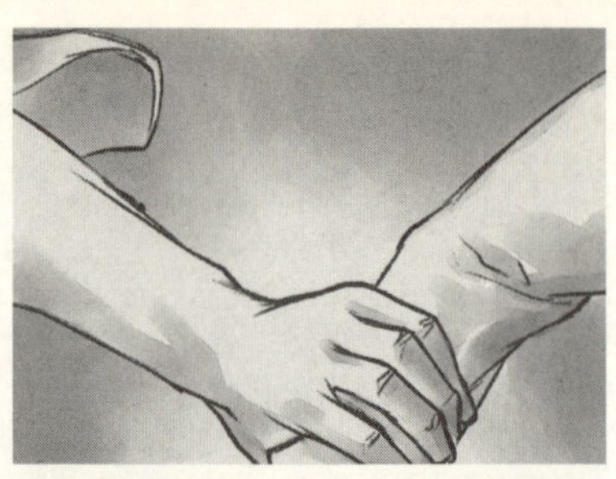

안을 들여다보자 황량하고
음침한 긴 방에서 한 소년이
외롭게 책을 읽고 있었다.

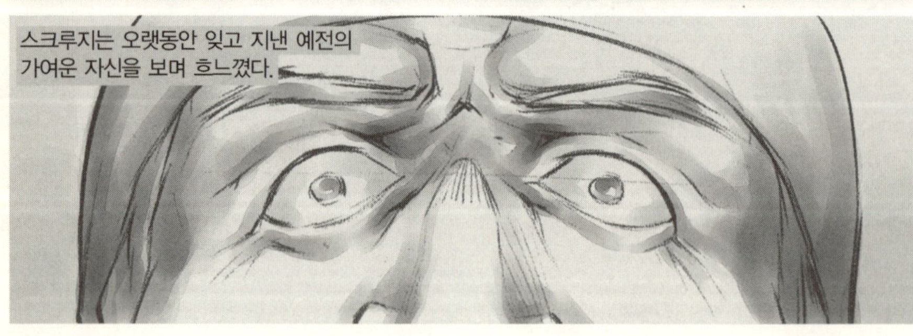

스크루지는 오랫동안 잊고 지낸 예전의
가여운 자신을 보며 흐느꼈다.

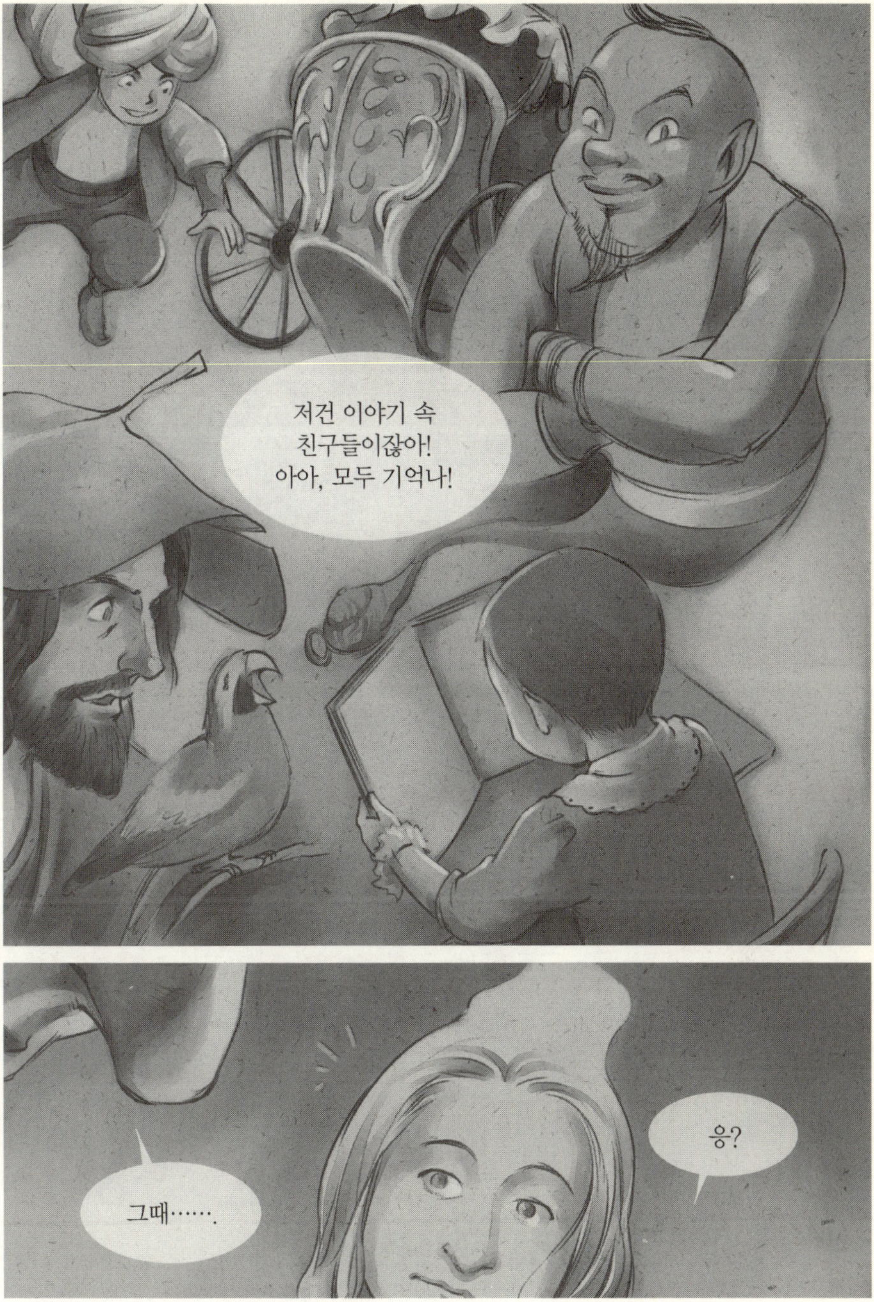

저건 이야기 속
친구들이잖아!
아아, 모두 기억나!
그때······.
응?

그때…… 하지만 이미 늦었어요.

뭐가?

아무것도 아닙니다. 어제저녁에…….

제 사무실 문 앞에서 캐럴을 부르던 꼬마가 있었는데…….
그런데?

그 녀석에게 몇 푼이라도 줬으면 좋았을 거라는 생각이 드네요. 그뿐입니다.

유령은 의미심장한 미소를 지었다.

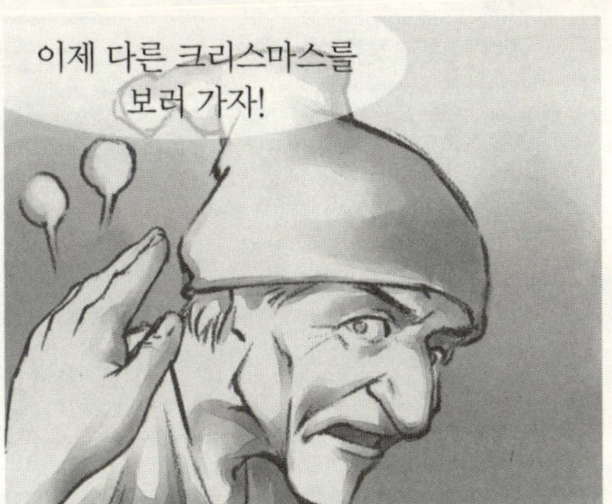

이제 다른 크리스마스를
보러 가자!

다른……
크리스마스?

그래, 네 기억에 있는
또 다른 크리스마스를
보러 갈 거다.
또 다른
크리스마스…….

그들은 어느새 번잡한 시내 도로에 서 있었다.

가로등이 환하게 밝혀진
떠들썩한 크리스마스
풍경이었다.

유령은 스크루지를 커다란 가게 앞으로 이끌었다.

이곳이 어딘지
알겠느냐?

그럼요.
제가 일을 배운
곳인데요.

문을 열고 들어가자,
흥겨운 파티가 한창이었다.

페치위그 영감님이에요!
세상에! 페치위그 영감님이
다시 살아나다니!

풍성한 음식과 술을 즐긴 뒤 사람들은
모두 짝을 지어 신나게 춤을 추기 시작했다.

스크루지는 그들을 모두 기억해냈다.
페치위그 영감의 세 딸, 하녀와 요리사,
길 건너편 점원 소년과 옆집 하녀……
그리고 젊은 날의 스크루지 자신!

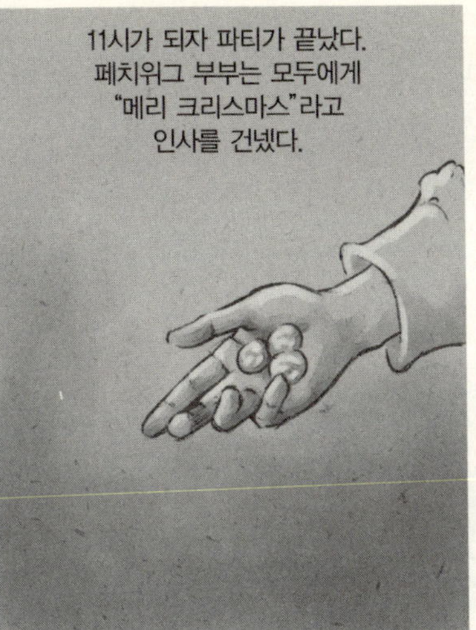

11시가 되자 파티가 끝났다.
페치위그 부부는 모두에게
"메리 크리스마스"라고
인사를 건넸다.

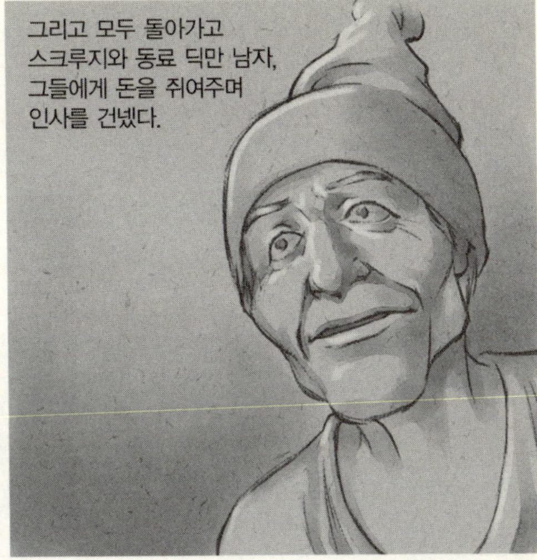

그리고 모두 돌아가고
스크루지와 동료 딕만 남자,
그들에게 돈을 쥐여주며
인사를 건넸다.

사소한 걸로 순진한
사람들을 홀렸군.

사소한 거라고요!
영감은 고작
몇 파운드 썼을
뿐이잖아?

그래서가 아니에요!
페치위그 영감님이 주는 행복은
돈으로는 살 수 없는
귀중한 겁니다.

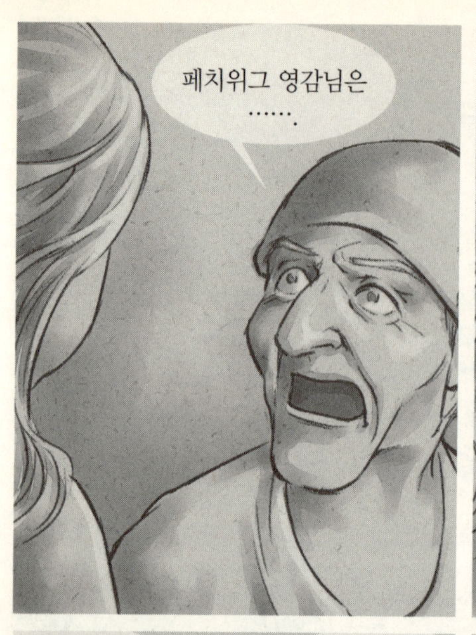

페치위그 영감님은
…….

…….

왜 그러나?
별거 아닙니다.

안 좋아
보이는데?

실은 제 직원에게
따뜻한 말 한마디라도 건넬
걸 그랬다는 생각에······.

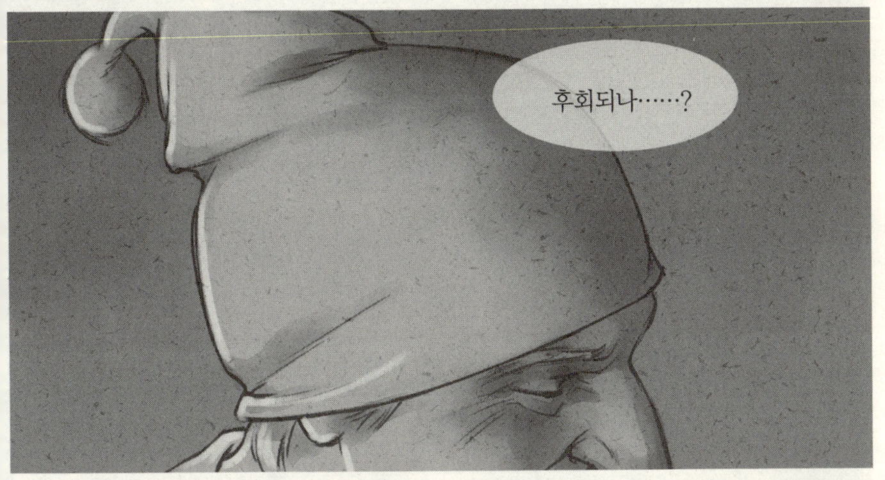

후회되나······?

······.

시간이 자꾸
흘러가는군.
서두르자!

예?
그게 무슨…….

어느새 스크루지는 젊은 시절의 자신을 보고 있었다.

우리 약속은 이제
옛일이 되었어요.

당신이 옛날과
다르다는 건
당신이 더 잘
알 거예요.

이제 그만 당신을
놓아주겠어요.

난 놔달라고 한 적 없어!
우리가 서로 모르는 사이라면, 지참금 한 푼 없는 여자와 결혼할 수 있나요?

움
찔

당신도 마음이 아플지 몰라요. 하지만 곧…….

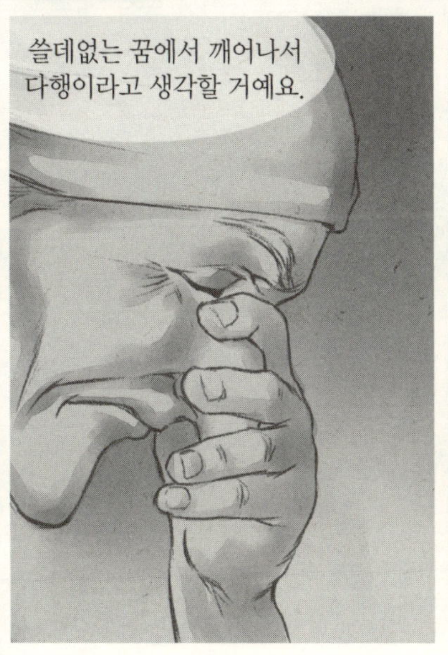

쓸데없는 꿈에서 깨어나서 다행이라고 생각할 거예요.

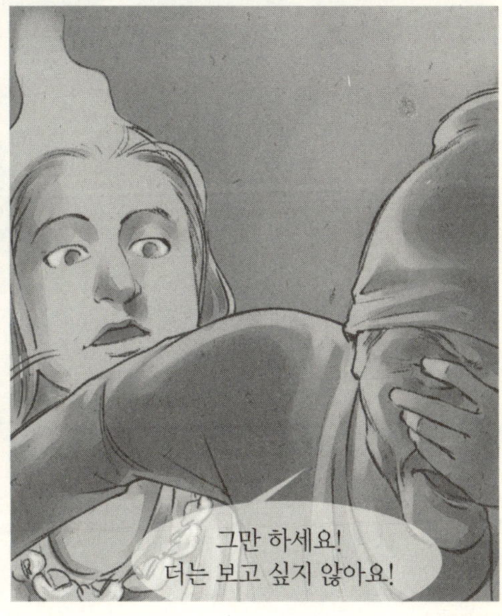

그만 하세요! 더는 보고 싶지 않아요!

이건 과거의 그림자일 뿐이다.
싫어요, 제발 데리고 나가주세요! 더는 못 보겠어요!

그때 스크루지의 눈에 유령의 모자가 들어왔다.

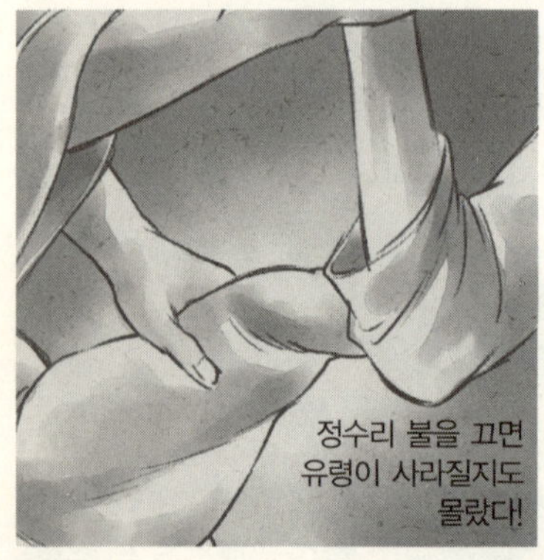
정수리 불을 끄면 유령이 사라질지도 몰랐다!

내 앞에서 사라져버려!

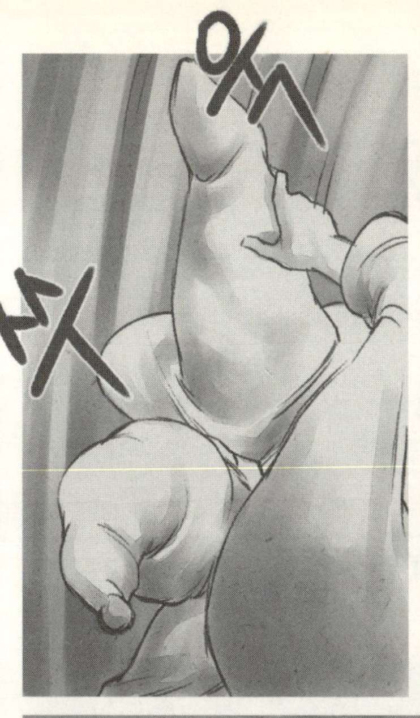

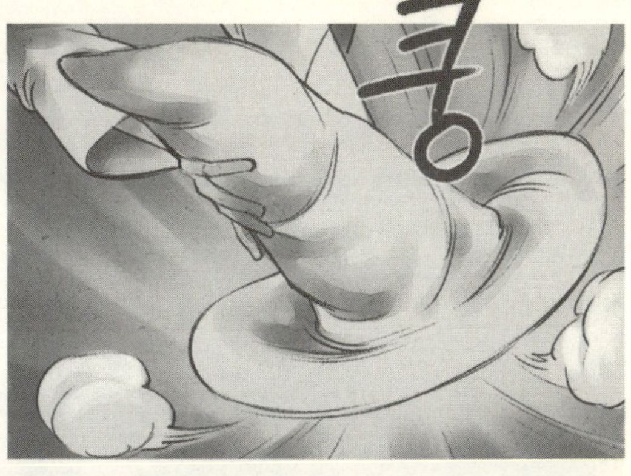

스크루지가 생각한 대로
모자에 덮인 유령은
순식간에 줄어들었다.

완전히 녹초가 된 스크루지는
졸음이 쏟아지는 것을 느끼며
힘없이 침대로 향했다.

현재의 크리스마스 유령

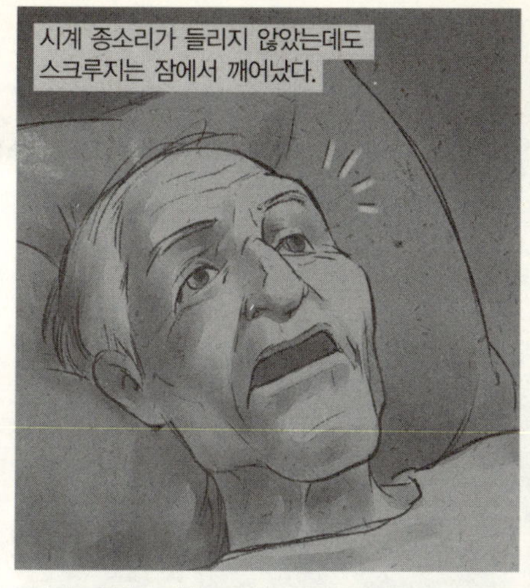

시계 종소리가 들리지 않았는데도
스크루지는 잠에서 깨어났다.

시계는 이제 막 1시를 가리키고 있었다.

이제 두 번째 유령과 만날 시간이라
생각하자 그는 마음이 심란해졌다.

그때였다.

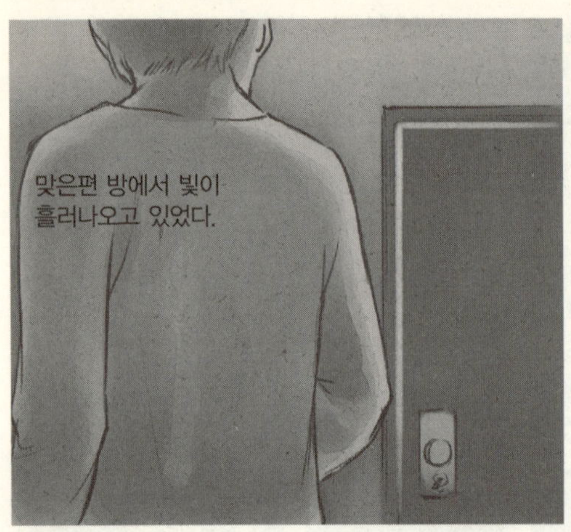

맞은편 방에서 빛이
흘러나오고 있었다.

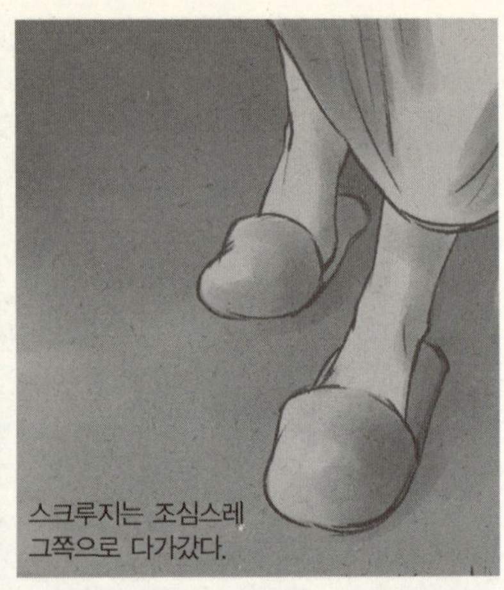

스크루지는 조심스레
그쪽으로 다가갔다.

들어와라!

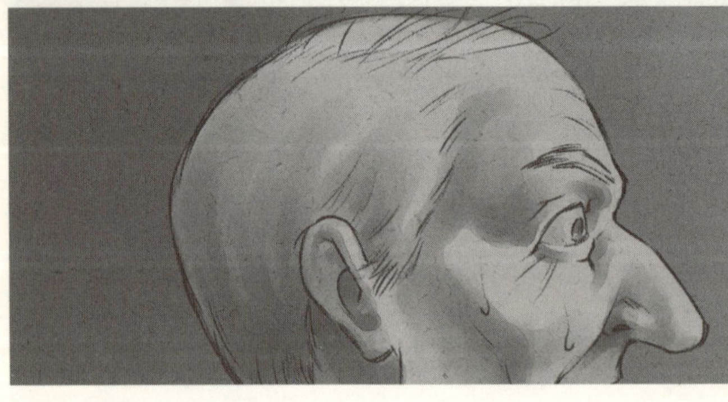

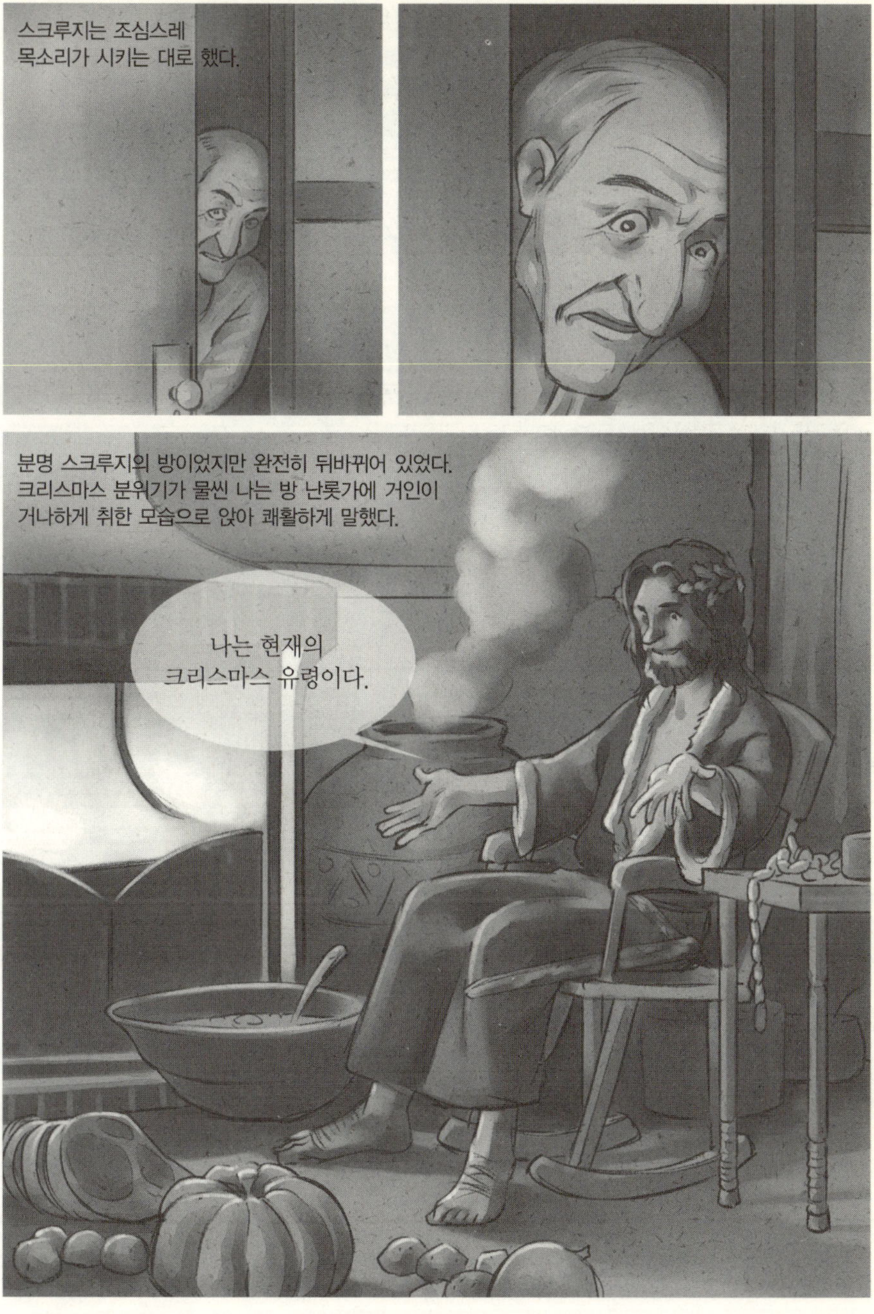

분명 스크루지의 방이었지만 완전히 뒤바뀌어 있었다. 크리스마스 분위기가 물씬 나는 방 난롯가에 거인이 거나하게 취한 모습으로 앉아 쾌활하게 말했다.

나 같은 유령은 한 번도 본 적 없지?

예, 한 번도…….

유령님…….

저를 데려가주십시오. 간밤에는 어쩔 수 없이 따라다녔지만 지금 생각해보니 배운 게 있었습니다.

그러지. 내 옷을 잡게.

그곳은 서기 밥의 집이었다.
초라한 부엌에서 크래칫 부인이
딸 벌린다와 함께 저녁 만찬을
준비하고 있었다.

너희 아빠는 언제 오신다니? 꼬맹이 팀도 그렇고.
마사 언니랑 같이 금방 오실 거예요.

엄마! 저희 왔어요!
마사, 팀 왔구나! 여보, 당신도 고생 많았어요.

우리 꼬맹이 팀, 엄마한테 가보렴.

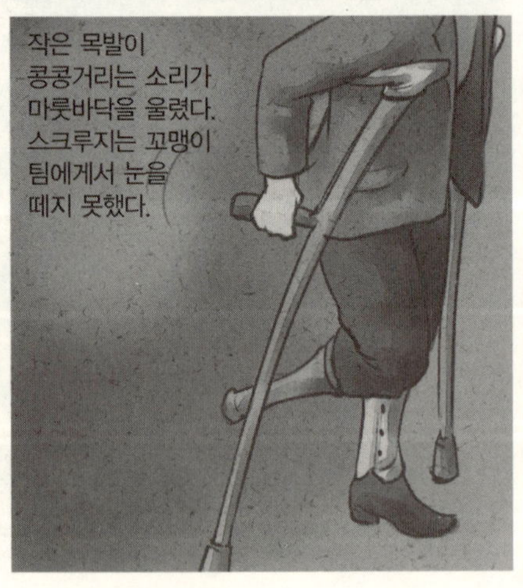

작은 목발이 콩콩거리는 소리가 마룻바닥을 울렸다. 스크루지는 꼬맹이 팀에게서 눈을 떼지 못했다.

식구들 모두
분주하게 움직이며
음식을 식탁으로
옮겼다.

밥은 팀이 너무나 사랑스러워
누구에게 빼앗길까 두려운 듯
아이의 작은 손을 꼭 쥐고 있었다.

엄마, 칠면조는
내가 잘라도 돼?
네가? 할 수 있겠어?

메리 크리스마스!
은총이 가득하길!

이렇게 멋진 만찬을
베풀어주신 스크루지
영감님에게도 건배!

하느님의 은총이
가득하기를!

멋진 만찬을 베풀어줬다고요?
당신 참 속도 좋군요!
여보, 크리스마스잖아.
알았어요. 당신을
위해서, 크리스마스를
위해서, 함께 축복하죠.
어련히 알아서 잘
살겠지만!

자, 자, 즐겁게
건배하자고.

크래칫 가족의 소박한
크리스마스 만찬은 그렇게
이어졌다.

밥이 날 위해
건배를 하다니······.

그때, 문득 섬뜩함을 느끼고
스크루지는 아래를 내려다보았다.

적개심 속에 비굴함이 엿보이는 얼굴.
정녕 어린아이의 얼굴이 맞단 말인가?

유, 유령님의
아이들인가요?

193

인간의 아이들이지.
남자아이 이름은 '무지'이고,

여자아이 이름은
'궁핍'이다.

이 두 아이를 경계해라.
이 아이들과 비슷한 것들을.
특히 남자아이를 경계해라.
이 아이들을 맡기거나
돌봐줄 만한 곳이 없나요?

감옥이나 빈민 수용소가
없느냐는 말인가?
……

자신이 한 말을 고스란히 돌려받은
스크루지는 고개를 푹 숙였다.

그때 12시를 알리는 종소리가 울렸다.
어느새 유령은 사라졌고,
스크루지는 말리의 유령이 말한
예언을 떠올렸다.

고개를 들자, 스멀스멀 퍼지는 안개처럼
자신에게 다가오는 유령이 보였다!

미래의 크리스마스 유령

유령은 천천히 장엄하게
소리 없이 다가왔다.
스크루지는 무릎을 꿇었다.

머리며 얼굴, 몸뚱이 할 것 없이 시커먼 옷으로 감싸고 있어서 밖으로 뻗은 손 하나 말고는 아무것도 보이지 않았다.

스크루지는 그 신비한 존재에게 엄숙한 두려움마저 느꼈다.

시커먼 장막 뒤에서 유령의 눈이 자신을 노려보리라 생각하니 스크루지는 더욱 두렵고 소름이 끼쳤다.

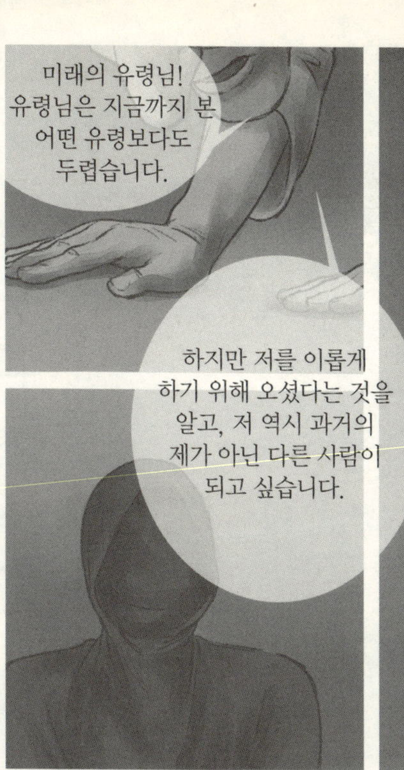

미래의 유령님!
유령님은 지금까지 본
어떤 유령보다도
두렵습니다.
하지만 저를 이롭게
하기 위해 오셨다는 것을
알고, 저 역시 과거의
제가 아닌 다른 사람이
되고 싶습니다.

저는 기꺼이
유령님과 동행할
준비가 되어 있습니다.

저를 인도해
주십시오. 유령님!

스크루지가 간청했지만 유령은 그저 손으로 앞을 가리킬 뿐이었다.

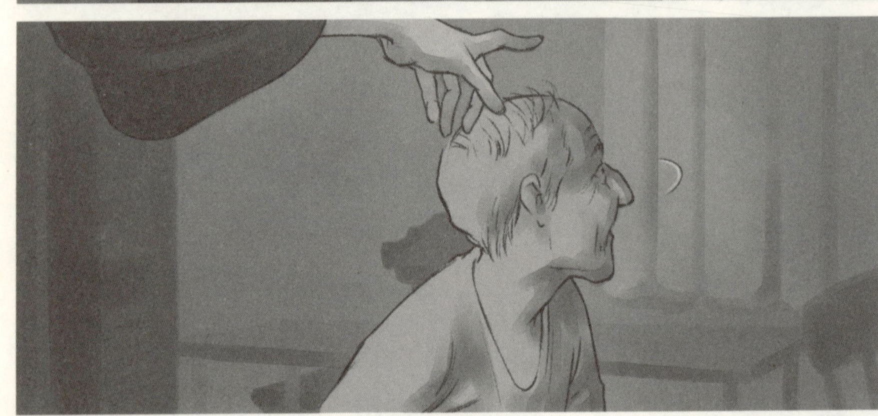

유령님, 뭐라고 말씀을……
……

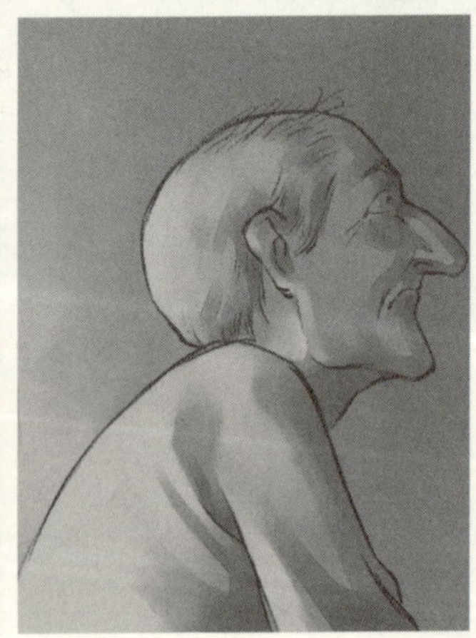

그곳은 북적거리는 왕립거래소였다.

스크루지는 그들과 알고 지내는 사이라 영문을 알고 싶어 유령을 쳐다보았다.
유령님, 저들이 누구 얘기를 하고 있는 건가요?

유령은 아무 말 없이 다시 손가락을 들어 올렸다.

거리에서 스크루지도 잘 아는 사람들이 얘기를 나누고 있었다.
잘 지내셨어요?

간밤에 그 영감이 죽었다는군요.
저도 들었어요. 날씨가 꽤 춥죠?

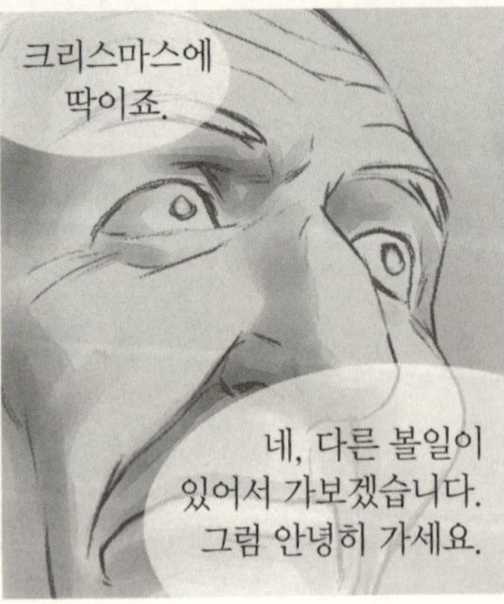

크리스마스에 딱이죠.
네, 다른 볼일이 있어서 가보겠습니다. 그럼 안녕히 가세요.

스크루지는 유령이 이런 사소한 대화를 중요하게 여기는 것을 보고 내심 놀랐다. 하지만 유령은 계속 누군가의 죽음과 관련된 대화를 들려주었다.

모두 그 불쌍한 사람의 죽음에 환호했다. 심지어 그의 커튼을 훔쳐올 생각에 기뻐하는 사람들까지 있었다.

스크루지는 어쨌든 이것은 자신에게 교훈이 될 것이 분명하다는 생각에 열심히 귀를 기울였다.

유령님, 알겠습니다. 저 남자가 겪는 일을 제가 겪을 거라는 말씀이시군요.
제발 말씀해주세요. 도대체 죽은 사람이 누구입니까? 어째서 이토록 비난을……

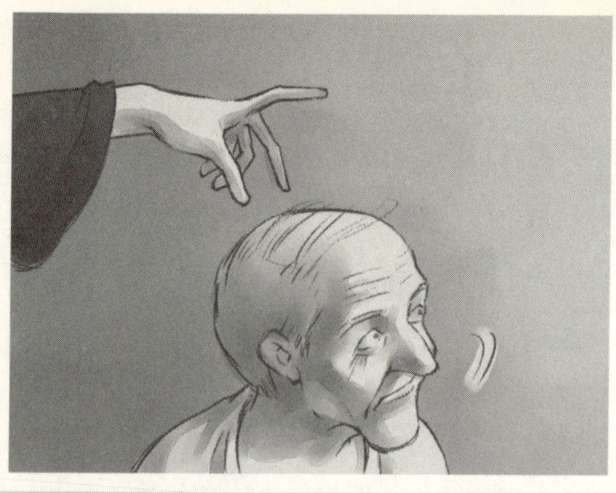

그곳은 교회에 딸린 묘지였다.
생명이 아닌 죽은 초목을 먹고 자란 잡풀이 무성한 곳,
숨이 턱턱 막히는 그곳에서 스크루지는 유령이 손으로
가리키는 곳으로 와들와들 떨며 걸어갔다.

그것은 스크루지 자신의 무덤이었다.

에버니저
스크루지
1776 - 1843

그 모든 조롱과 환호, 무관심의 상대가 바로 자신이었다니!

제발, 제 말 좀 들어주세요. 전 이제 과거의 제가 아닙니다! 저에게 희망이 없다면
스크루지는 유령의 발치에 엎드리며 애원했다.
왜 이런 걸 보여주시는 겁니까? 제발요!

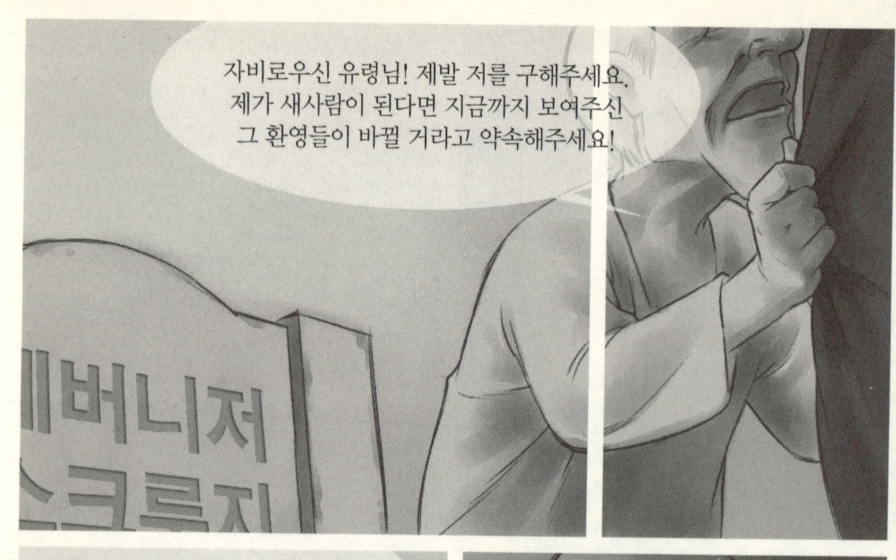

자비로우신 유령님! 제발 저를 구해주세요. 제가 새사람이 된다면 지금까지 보여주신 그 환영들이 바뀔 거라고 약속해주세요!
버니저
크르지
이제 성심으로 크리스마스를 기리고 1년 내내 그 의미를 잊지 않겠습니다. 세 유령님의 가르침을 잊지 않겠습니다.

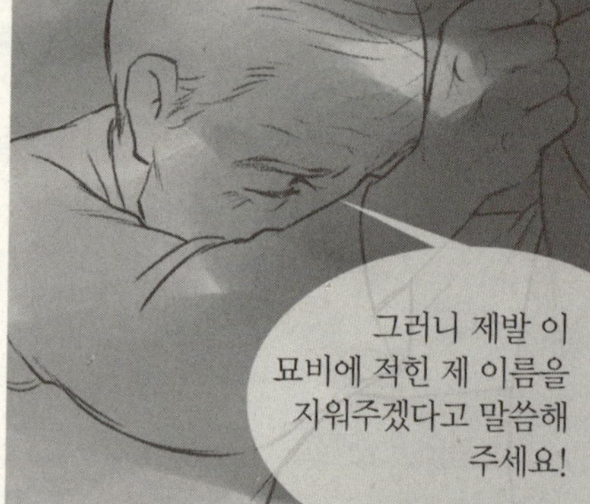

그러니 제발 이 묘비에 적힌 제 이름을 지워주겠다고 말씀해 주세요!

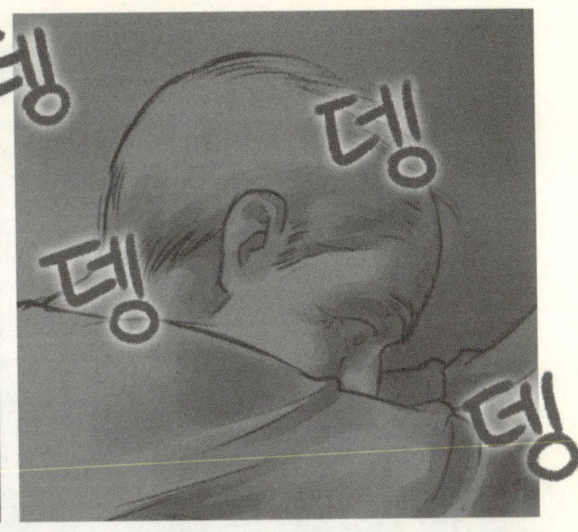

유령의 옷자락을 붙잡고 애원하던 스크루지는 어느새 자신의 방에 돌아와 있었다.

유령의 옷자락은 침대 기둥이 되어 있었고, 무엇보다 모든 것을 바로잡을 시간이 남아 있었다!

스크루지는 수년 만에 환한 웃음을 지으며 얼른 창가로 달려갔다.

청명하고 상쾌한 크리스마스 아침이었다.

몸속의 피가 요동칠 정도로 추운 날씨, 황금빛 태양, 눈부시게 파란 하늘! 즐거운 종소리가 힘차게 들려왔다.

유령님들, 고맙습니다! 전 이제 새사람이 되었습니다. 모두 메리 크리스마스!

스크루지는 한껏 멋을 내고 거리로 나섰다. 환한 웃음을 지은 그의 얼굴에 사람들은 어리둥절한 표정을 지었다.

그 지독한 구두쇠 영감 아니야?
드디어 미쳤나 봐.

스크루지는 사람들 한 명 한 명에게 어린아이처럼 환한 웃음을 지으며 인사를 건넸다.

아, 선생님, 안녕하십니까?

어제는 성과가 좋으셨길 바랍니다. 즐거운 크리스마스 보내세요.
바로 어제 사무실로 찾아온 신사들 중 한 명이었다.

예, 혹시 제 이름을 듣고 불쾌하셨다면 용서하십시오.
혹시 스크루지 씬가요?

참, 부탁드릴 말씀이 있는데……

예?

이런 세상에, 스크루지 씨, 진심이세요?
예, 부탁드립니다. 그동안 내지 못한 몫까지 들어 있다고 생각해주세요.

어린아이의 머리를 쓰다듬기도 하고 걸인에게 이것저것 물어보고, 다른 집 창문을 올려다보기도 하며 그는 이 모든 것이 자신에게 즐거움을 줄 수 있다는 사실을 깨달았다.

오후가 되자 그는 조카의 집으로 향했다.
그리고 집 앞을 열두 번도 더 오간 뒤에야
문을 두드릴 용기를 냈다.

그만 뛰어다니고 이제
자리에 앉아. 저녁 먹어야지.

똑 똑
똑

세상에!
삼촌!

나다, 프레드. 저녁 먹으러 왔는데, 들어가도 되겠냐?
삼촌! 정말 잘 오셨어요! 어서 들어오세요!

여보, 누가 오셨는지 나와봐!

누군데 그렇게 호들갑이에요?

어머나, 어르신!

와주셔서 기뻐요. 함께 식사하세요.
아름다운 질부님, 메리 크리스마스!

외투는 이리 주세요.
아, 고맙구나.

막 저녁 먹으려던
참인데 삼촌 덕분에
멋진 만찬이 되겠어요!

스크루지는 금세 자기 집에 있는 것처럼
마음이 편안해졌다. 정말 행복한 저녁이었다.

다음 날 스크루지가 기대한 대로
밥은 지각을 했다.

밥은 얼른 자리에 앉아
부지런히 펜을 놀렸다.

스크루지는
평소처럼 퉁명스럽게
밥을 불렀다.

이봐! 지금이 몇 시야?
무슨 배짱으로 지각을 해?

자네, 이리 좀 와봐.

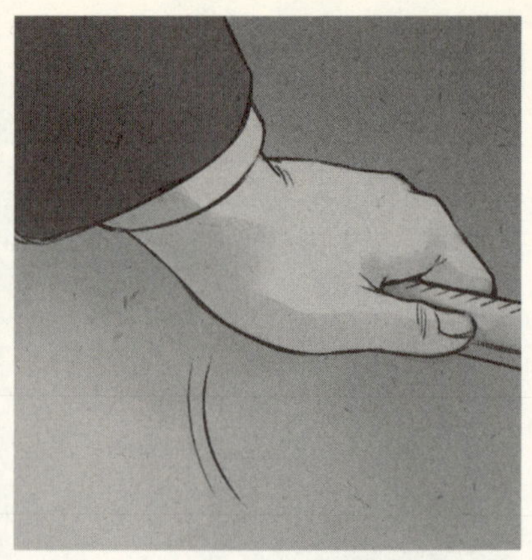

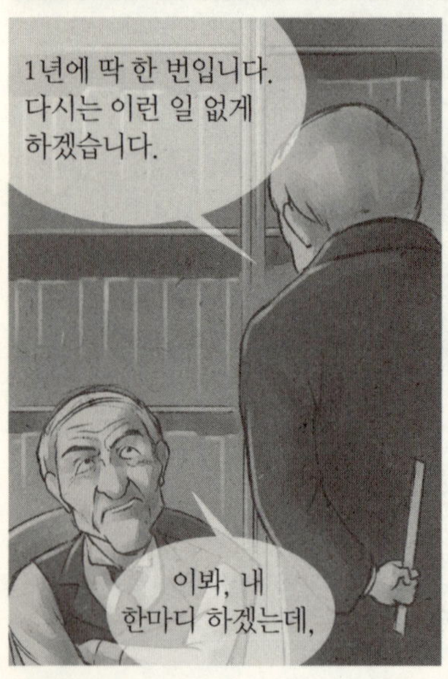

1년에 딱 한 번입니다.
다시는 이런 일 없게
하겠습니다.

이봐, 내
한마디 하겠는데,

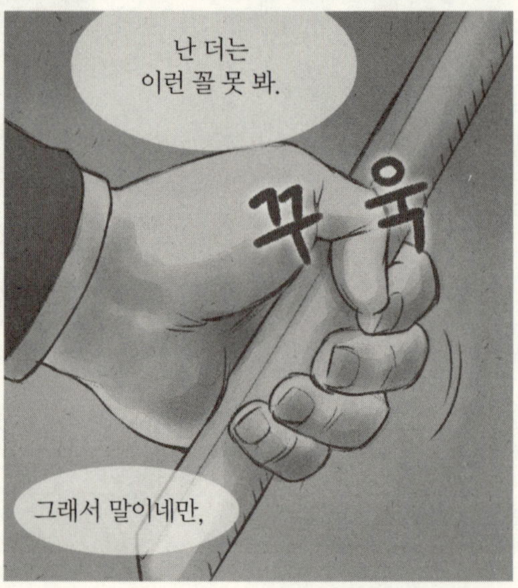

난 더는
이런 꼴 못 봐.

꾸욱

그래서 말이네만,

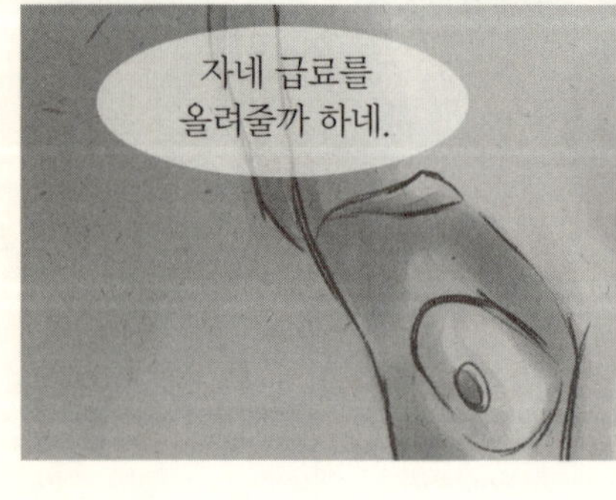

자네 급료를
올려줄까 하네.

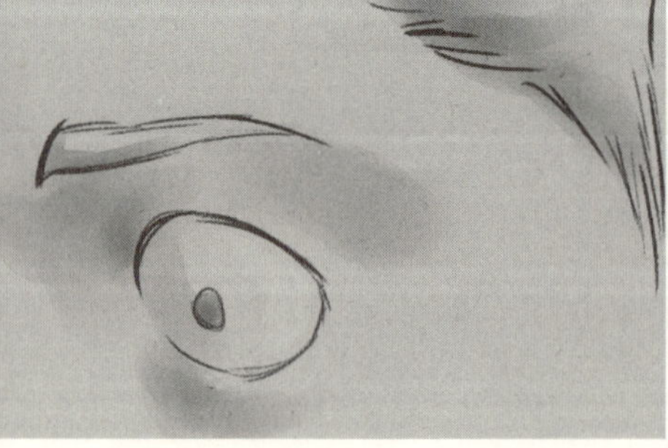

밥은 자신의
귀를 의심했다.

왜 그렇게 쳐다보나?
싫은 모양이지?

아, 아닙니다.
싫긴요, 다만……
다만?

좀 갑작스러워서요.
사람도. 즐거운
크리스마스 보내기
바라네. 그리고 함께
자네 집안일을
의논해보자고.
특히 자네 꼬맹이 팀에
대해서 말이야.

217

사장님……
진심이세요?

물론! 우선 난롯불을 더 활활
지피게. 가서 석탄부터 한 통
더 사와. 어서, 밥 크래칫!

메리 크리스마스, 밥!

소년 시절부터 빈곤을 겪은 디킨스는 열두 살 때부터 공장에서 일했다. 19세기 전반기 영국은 자본주의가 꽃피는 번영을 누렸지만 빈곤과 가혹한 노동, 아동 착취 등 사회적 모순과 부정이 팽배했다. 그는 열다섯 살 때부터 변호사 사무실 사환, 법원 속기사, 신문사 통신원으로 일하며 견문을 쌓았다. 성장 과정에서 형성한, 어두운 현실에 대한 그의 비판적 인식은 디킨스 특유의 유머와 결합해 독특한 문학 세계를 이루었다.

이러한 경향은 디킨스의 전기 작품에서 두드러진다. 《올리버 트위스트 *Oliver Twist*》(1838), 《니콜라스 니클비 *Nicholas Nickleby*》(1838~1839), 《골동품 상점 The *Old Curiosity Shop*》(1840~1841), 〈크리스마스 캐럴〉(1843), 《바나비 러지 *Barnaby Rudge*》(1841), 《돔비와 아들 *Dombey and Son*》(1846~1848) 등 전기 작품은 그가 직접 체험한 경험을 바탕으

로 주인공의 성장과 삶을 통해 사회 밑바닥의 생활상과 애환을 보여주고 사회적 모순과 부정을 유머를 섞어 비판한 '저널리스틱' 소설이라 할 수 있다. 하지만 《데이비드 코퍼필드*David Copperfield*》(1849~1850), 《황폐한 집*Bleak House*》(1853) 등과 같은 후기 작품은 전기 작품처럼 주인공의 성장과 체험을 중심으로 쓴 것이 아니라 상당히 많은 인물을 등장시켜 사회의 여러 계층을 폭넓게 바라보는 이른바 파노라마적인 사회소설로 스케일이 커졌지만 그의 자랑거리인 유머는 빛을 잃었고 무력감과 좌절감이 짙게 드리워졌다. 한편 그의 후기 작품에는 프랑스혁명을 무대로 한 역사소설 《두 도시 이야기*A Tales of Two Cities*》(1859년)와 자서전적인 《위대한 유산*Great Expectations*》(1860~1861) 등도 있다.

디킨스는 빅토리아 시대의 빈곤과 부조리한 사회 계급에 대한 신랄한 비평가였다. 하지만 그의 작품들 중 몇몇은 반유대주의적 성격을 풍긴다. 《올리버 트위스트》의 패긴은 매부리코와 탐욕스러운 눈의 전형적인 유대인으로 묘사되어 있다. 그뿐만 아니라 〈크리스마스 캐럴〉에 등장하는 스크루지에 대한 묘사 역시 그렇다. 하지만 유대인이 자본주의 발흥기(빛뿐만 아니라 어둠까지도)를 이끈 큰 버팀목 중 하나였다는 점에서 그의 묘사는 가난하고 억압받는 자들을 대변하는 하나의 장치였다고 할 수 있다. 그가 묻힌 웨스트민스터 대성당 시인들의 묘역 묘비에는 다음과 같이 적혀 있다.

'그는 가난하고 고통받고 박해받는 자들의 동정자였으며, 그의 죽음으로 세상은 영국의 가장 훌륭한 작가 중 하나를 잃었다.'

어릴 때부터 만화영화나 동화책으로 많이 접한 〈크리스마스 캐럴〉

에서도 앞에서 언급한 생생한 묘사와 비판적 유머는 여실히 드러난다. 디킨스는 당시의 속담과 가십, 기사 등을 인용하며 현실을 비꼬기 때문에, 지금 그것도 한국 독자들이 그 유머를 이해하고 웃는 데는 상당한 배경지식이 필요하다. '육두마차' 나 '창자가 없다' 같은 표현들, 성경과 고전에서 인용한 구절 등등이 그러하다. 권선징악과 같은 고답적인 주제를 다룸에도 유령이라든지 《아라비안나이트》(하룻밤 사이에 세 유령이 3일 밤에 걸쳐 나타나는 등) 등에서 가져온 소재를 활용하여 환상적인 분위기를 연출함으로써 뻔한 이야기를 재미있게 엮고 있다. 비판적 유머, 생생한 묘사, 환상적인 분위기 등은 이 작품을 어른 아이 할 것 없이 모든 연령대의 독자들에게 사랑받게끔 한 가장 중요한 요소라고 할 것이다.

박승범

크리스마스 캐럴

초판 1쇄 인쇄 2009년 12월 1일
초판 1쇄 발행 2009년 12월 8일

지은이 찰스 디킨스
옮긴이 박승범
그린이 고철환

펴낸이 박창석
펴낸곳 팬덤북스

기획위원 김정대
디자인 디자인 소울

주소 110-767 서울시 종로구 명륜동 2가 237번지 아남주상복합아파트 118호
전화 070-8821-4312 | **팩스** 02-6008-4318
이메일 fandombooks@naver.com
블로그 http://blog.naver.com/fandombooks

등록번호 제300-2009-81호

ISBN 978-89-963020-0-1 03840

＊값은 뒤표지에 있습니다.
＊잘못된 책은 구입하신 서점에서 바꿔드립니다.